새벽 3시,
마법도구점 폴라리스

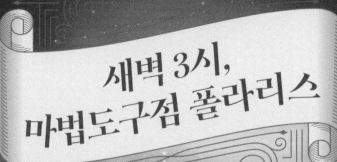

새벽 3시,
마법도구점 폴라리스

후지 마루 지음 | 서라미 옮김

흐름출판

차례

프롤로그

    봄은 일 년 중 가장 화창한 계절이다. 대부분의 사람들이 설레는 마음으로 봄을 맞이한다. 하지만 요즘 나는 그렇지 않다. 봄이 오고 있지만 우울하고 침울하게 하루하루를 보내고 있다. 악몽과 열쇠 꾸러미 때문이다.

    일주일쯤 됐나. 나는 매일 밤 악몽을 꾼다. 기묘한 검은 그림자가 나를 향해 손을 흔든다. 어쩐지 마음속 깊은 곳이 더듬어지는 듯한 기분이다. 잠에서 깨면 머리맡에 의문의 열쇠 꾸러미가 놓여 있다. 묘한 분위기를 풍기는 열쇠 꾸러미다. 어디에 쓰이는 열쇠일까. 도무지 용도를 알 수 없다.

    열쇠 꾸러미는 아무리 버려도 다음 날 아침이면 다시 머리맡으로 돌아온다. 저주받은 물건인가. 조용히 나를 괴롭히는 열쇠 꾸러미 때문에 머리가 지끈거린다. 내 신세는 왜 이 모양일까. 그렇지 않아도 저주에 시달리느라 힘든데 의문의 열쇠까지 나를 괴롭히다니. 멍하게 생각에 잠겨 그만 긴장의 끈을 놓아버리고 말았다.

"으앗."

"아얏, 죄송합…… 뭐야 갑자기!?"

또 사고를 쳤다. 무심코 저주의 스위치를 눌러버린 것이다.

오전에 대학교 입학식이 열릴 예정이라 캠퍼스는 1학년 학생들로 북적였다. 여학생 다섯 명이 나란히 앉아 길을 막고 있었다. 조용히 피해 가려다가 잠시 딴 생각에 빠진 바람에 한 명의 손과 내 왼손이 부딪쳤다. 순간 저주가 발동했다. 여학생이 나를 비난하기 시작했다.

"방금 나 욕했지? 왜 거기 서서 다른 사람들에게 민폐를 끼치냐고."

"아니, 아무 말도 안 했는데. 나는 그냥……."

"분명히 들었거든. 내가 잘못한 건 맞는데, 그렇다고 처음 본 사람한테 그렇게까지 말할 필요는 없잖아?"

"잠깐, 잠깐만. 난 정말 아무 말도……."

"됐어! 또 시비 걸기만 해봐!"

발끈한 여학생은 화를 내면서 성큼성큼 걸어갔다. 나는 그 뒷모습을 보며 한숨을 내쉬었다.

이게 바로 내 왼손에 깃든 기묘한 저주다. 사실 저주라는 건 내가 붙인 이름이다. 쉽게 말하자면 나는 기이한 체질을 가졌다. 대체 왜 이런 일이 시작됐는지 모르겠다. 언젠가부터 이런 일이 일어났는지 기억도 나지 않는다. 아직 아버지에게도 털어놓지 못했다. 한 가지 분명한 건 왼손이 누군가의 몸에 스치기만 해도 내 속마음이 낱낱이 전해진다는 것이다.

싫다고 생각하건 불쾌하다고 생각하건 여과 없이 속마음이 그대로 전달된다. 지금처럼 무의식적으로 뇌리에 스친 불쾌한 생각들도 고스란히 전해진다. 일일이 표현하지 않아도 될 만한 사소한 감정들이지만 상대의 몸에 왼손이 닿으면 고스란히 전해져 문제를 일으킨다.

누구나 밖에서 공중도덕을 지키지 않는 사람을 보면 반감이 들기 마련이다. 하지만 그런 감정을 굳이 전할 필요는 없다. 매번 그러면 쓸데없이 싸울 일만 생길 테니. 하지만 왼손의 저주는 나를 늘 최악의 상황에 빠뜨린다. 자신의 감정을 전혀 숨기지 못하고 투명한 물속처럼 모든 걸 드러내는 삶을 상상할 수 있겠는가.

초, 중, 고등학교 내내 나는 이 저주 때문에 고통받았다. 하루 종일 왼손을 부딪치지 않으려고 신경쓰다 보니 외로운 학창 시절을 보낼 수밖에 없었다. 그런 시간이 쌓이다 보니 나는 세상과 사람에 대해 염세적인 시선을 갖게 됐다. 엄마의 부재로 힘들어했던 적은 없었지만, 친구의 부재는 내 인생에 어두운 그림자를 드리웠다.

대학교 2학년이 된 지금도 상황은 비슷하다. 나는 저주가 발동될까 봐 다른 사람과 닿는 일을 최대한 피하지만, 그럼에도 기어이 다른 사람과 닿았을 때는 오늘 같은 상황이 일어난다. 덕분에 애인도 친구도 없이 여전히 외톨이로 살고 있다. 정말 한숨 나오는 이야기다. 그래서였을까.

'쓰키시로인가?'

벚꽃이 흩날리는 시작의 계절. 눈부신 봄 캠퍼스. 그 안에서 신입생들과 섞여 도도한 자태로 걷는 사람. 우리 학부에서 모든 이의 미움과 사랑을 동시에 받는 쓰키시로 다마키다.

하얀 피부는 봄볕을 받아 눈부시게 반짝이고, 밝은색 머리카락은 보드랍고 청초한 분위기를 자아낸다. 모두의 마음을 빼앗을 만큼 깔끔하고 청량한 이목구비, 무심한 표정과 기품 있는 자태가 빚어내는 분위기. 그녀는 오늘도 모든 신입생의 마음을 사로잡은 듯했다.

'그런데 저 아이는 왜 항상 혼자일까?'

스쳐 지나며 생각했다. 저렇게 근사한 외모를 가진 쓰키시로가 왜 늘 혼자인 걸까? 아름다운 외모 덕분에 누구나 그녀에게 말을 걸어보려고 애쓰는데 동성 친구들 사이에서는 늘 평판이 나쁘다. 그래서 더 궁금하다. 저 아이는 혼자 있는 게 힘들지 않을까? 동정심이나 동질감은 아니다. 그저 무슨 생각으로 고독을 택했는지 궁금할 뿐이다. 내겐 선택의 여지조차 없으니.

쓰키시로가 스쳐 지나갔다. 나는 활기찬 신입생들 사이에서 하늘을 올려다봤다. 푸르른 하늘이 드높게 펼쳐져 있었다. 이따금 하늘을 올려다보면 외로워진다. 푸르고 투명한 불안감이 언제나 나를 내려다보고 있는 것 같아서.

고학년 학생들은 무리지어 떠들고 있는 신입생들에게 다가가 동아리 가입을 권하느라 분주하다. 나는 평범한 일상을 즐기는 학생들에게 둘러싸여 봄의 끝에서 나지막이 숨을 내쉬었다.

그런 나와 쓰키시로가 며칠 뒤 뜻밖의 조우를 하게 될 줄 누가 짐작이나 했겠는가. 봄과 푸른 하늘 사이의 좁은 틈새를 방황하던 내가 쓰키시로를 위해 저주받은 왼손을 뻗게 될 줄이야. 그 일로 마법이라는 미지의 세계에 얽히게 될 줄이야. 이때 나는 감히 상상조차 하지 못했다.

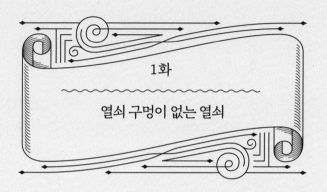

1화

열쇠 구멍이 없는 열쇠

"도노, 빨리 들어가."

"기다려, 쓰키시로. 나에게도 사생활이라는 게 있잖아."

"10초 안에 안 들어가면 경찰 부른다. 3, 2, 1."

"아무리 그래도 5부터 세야 하는 거 아냐?"

4월 중순의 어느 화창한 오후. 나는 혼자 사는 아파트 현관 앞에서 쓰키시로와 입씨름을 벌이고 있었다. 내 집에 침입한 쓰키시로가 왜 경찰을 부르겠다는 것인지 이해할 수 없지만, 일단 상황을 설명하자면 이렇다.

그날은 몹시 지쳐 있었다. 제출 기한이 임박한 과제와 왼손의 저주로도 충분히 벅찬데 얼마 전부터 시작된 악몽과 열쇠 꾸러미 문제까지 더해져 내 상태는 최악으로 치닫고 있었다.

그렇게 보름쯤 지났을까. 신선한 봄바람이 불기 시작했다. 대학교 2학년의 새학기가 시작됐다. 하지만 꿈에서는 여전히 기묘한 그림자가 나타났다. 꿈 내용이 정확하게 기억나지는 않는다. 어두컴컴한 곳에서 누군가가 나를 향해 손을 흔든다. 나는 정체를 알 수 없는 그림자에 본능적으로 위기감을 느꼈다.

이제 소리 지르며 깨는 일이 당연하게 느껴질 정도다. 매일 밤 비명과 함께 깨는 바람에 위층 선배에게 시끄럽다고 혼이 나기까지 했다. 수면 부족은 일상생활에도 문제를 일으켰다. 아르바이트를 하면서 실수를 연발하는 바람에 며칠 전 보기 좋게 해고당했다. 젠장, 가뜩이나 돈이 부족한 자취생인데. 세상은 나의 우울함과는 상관없이 냉정하게 돌아간다.

악몽은 그칠 줄 모르고 계속됐다. 잠에서 깰 때마다 머리맡에 나타나는 기묘한 열쇠 꾸러미도 사라질 기미가 없다. 연일 두려운 상황을 마주하다 보니 제정신이 아니었다. 매일 학교 쓰레기통에 열쇠 꾸러미를 버렸다. 신의 이름을 간절히 부르며 아무리 기도해도 열쇠 꾸러미는 계속 돌아왔다. 더는 못 하겠다. 지칠 대로 지쳐 정신을 놓았을 때쯤 학교 근처에 괴현상을 해결해주는 가게가 있다는 소문을 들었다.

순전히 우연이었다. 학교 식당에서 점심을 먹다가 근처에 앉아 있던 신입생들이 나누는 대화를 들었다. 이야기의 내용은 이랬다. 언뜻 보기에는 평범한 골동품 가게인 폴라리스에 가서 "용건은?"이라는 물음에 "너와 달콤한 밤을 보내러 왔어."라고 대답하면 가게 주인이 미스터리 헌터로 변신해서 고민을 말끔하게 해결해준다는 것이었다. 조악한 아침 드라마 같은 스토리가 못 미더웠지만, 나는 그런 뜬소문에조차 한 가닥 희망을 품을 만큼 절박했다.

강의가 끝난 오후 3시. 학교를 나와 스마트폰으로 주소를 검색한 뒤 골동품 가게로 향했다. 어느덧 벚꽃은 져버렸지만 여전히 꽃향기를 머금고 있는 봄바람이 발걸음을 가볍게 해줬다. 눈부신 태양은 신록의 계절을 축복하는 듯했다. 나는 밝고 화창한 것들에게서 도망치듯 재빠른 걸음으로 15분 남짓 걸어 목적지에 도착했다. 그 가게는 정말이지 특별할 것 없는 골동품 가게처럼 보였다.

"여기다."

좁은 골목에 고즈넉하게 자리 잡은 가게의 외관은 투박하다는 표현이 어울렸다. 알록달록한 화분이 늘어서 있는 것도 아니고, 소박한 디자인이 모던한 느낌을 자아내는 것도 아니었다. 한때 찻집이었던 곳을 그대로 쓰는 듯 보이는 골동품 가게는 2

층짜리 건물이었다. 주거 공간을 겸하는지 생각보다 컸다. 안쪽에 설치된 돔 형태의 지붕 장식이 유일하게 이국적인 분위기를 풍겼다. 가게 앞에 다가서자 '골동품 가게 폴라리스'라고 적힌 입간판이 보였다. 문에는 놀랍게도 '아르바이트 구함. 시급 300엔'이라고 적혀 있었다. 진짜 아르바이트를 구하고 있는 걸까.

"실례합니……다."

어쨌든 더는 견딜 수 없는 상황이라 지푸라기라도 잡는 심정으로 문을 열었다. 짤랑짤랑 도어벨이 울리자 계산대에서 "어서 오세요." 하는 목소리가 들렸다. 그 순간, 소스라치게 놀랐다. 뜻밖의 사람이 있었기 때문이다.

"어, 쓰키시로?"

이때의 감정을 뭐라고 말해야 할지 지금도 모르겠다.

평온한 분위기의 상점 안에는 창가를 따라 골동품이 가지런히 놓여 있었다. 계산대 안쪽에는 두꺼운 니트를 입은 여성이 의자에 앉은 채 책을 읽고 있었다. 그 여성은 놀랍게도 쓰키시로 다마키였다. 나와 같은 학부 동기이자 미인이면서 사람들의 사랑과 동시에 미움을 받는 그녀.

하지만 아는 사람이 있는 게 기쁘지 않았다. 오히려 낭패다 싶었다. 학교에서도 쓰키시로와 딱히 친해지고 싶다는 생각을 한 적은 없었다. 굳이 그녀의 사생활을 알고 싶지도 않았다. 도도한 이미지의 실체를 굳이 파헤치고 싶지도 않았다. 이 뜻밖의 만남이 당황스러웠다. 학교에서 멀지 않은 곳이니 그녀가 이곳에서 아르바이트를 하는 게 이상할 건 없었다. 악몽 때문에 지친 나는 가게 안에 아무도 없었던 탓인지, 쓸데없는 말을 하고 말았다.

"날 알아?"

"응? 아, 응. 학교에서 늘 멀리서 지켜보고 있었어."

"뭐?"

'……방금 한 말은 좀 그랬나.'

제길, 멘트가 후졌다. 하지만 그 뒤로도 나의 뜬금없는 말은 계속 됐다.

"……그래서 용건이 뭐야?"

"용건? 아, 너와 달콤한 밤을 보내러 왔어."

"……."

'젠장. 엄청난 실수를 한 것 같은데.'

쓰키시로는 무표정한 얼굴로 분명하게 불쾌한 분위기를 풍기기 시작했다. 역시 소문은 가짜였다. 하지만 후회하기에는 이미 늦었다. 쓰키시로는 스마트폰으로 어딘가에 전화를 걸었다. 어디일까 생각할 겨를도 없이 통화가 시작됐다.

"여보세요, 경찰서죠? 가게에 수상한 사람이 나타났는데요."

"잠깐만. 나 그런 사람 아니야. 오해야, 오해."

쓰키시로의 갑작스러운 신고에 마음이 다급해졌다.

그러나 쓰키시로는 통화를 멈추지 않았다.

"네, 어떤 남자가 갑자기 하반신을 노출했어요."

"아니, 아니야. 그런 거 아니라니까."

"네, 머리에는 여자 팬티를 40장쯤 쓰고 있는 것 같아요."

"너무 많잖아. 40장이라니 실제로 그러기도 힘들겠다."

"심지어 미녀의 발자국이 너무 좋다면서 가게 바닥을 핥고 있어요."

"그 정도면 괴물이지. 아니, 그보다……."

'뭐야? 도대체 일이 어떻게 되어가는 거야?'

머리가 뜨거워졌다. 쓰키시로가 정색을 한 채 거짓 신고를 남발하고 있으니 그럴 법도 했다. 그보다 잠깐. 쓰키시로가 이런 말을 할 줄 아는 사람이었나? 그동안 보여준 청순가련한 이미지로는 상상도 할 수 없는 행동이다. 하지만 그런 생각을 하고 있을 여유가 없었다. 어떻게든 이 상황을 수습해야 했다. 땀을 뻘뻘 흘리며 내가 꺼낸 말은 겨우 이거였다.

"도와줘! 괴현상을 해결해준다고 해서 왔어. 내가 더 이상 손써볼 방법이 없어. 제발 도와줘!"

고개를 푹 숙이고 눈을 질끈 감았다. 이렇게 해봤자 소용없을 거라는 사실을 알고 있었다. 괴현상을 해결해준다니, 아무리 소문이라지만 말도 안 된다. 그럼에도 고개를 숙인 건 다른 방법이 떠오르지 않았기 때문이다. 그런데 뜻밖에 기적이 일어났다.

"처음부터 그렇게 말했으면 됐잖아."

"뭐?"

고개를 들고 쓰키시로를 봤다. 바라만 봐도 적의가 사라지는 그 얼굴을.

"있어봐. 나도 준비를 해야 해."

쓰키시로는 계산대에 스마트폰을 놓고 일어나서 말문이 막힌 채 멍하니 서 있는 나를 지나쳐 걸어갔다. 긴 치마를 휘날리며 문 앞으로 간 쓰키시로는 가게 앞 푯말을 'CLOSE'로 바꿨다.

"왜 그렇게 쳐다봐?"

"아, 아니, 진짜로 경찰에 신고한 줄 알았어."

"신고는 무슨. 쓰키시로표 특급 유머지."

쓰키시로는 무미건조한 표정으로 말했다. 솔직히 이게 다 무슨 일인지 모르겠다. 아는 것이 있다면 한 가지. 나는 지금 무방

비 상태라는 거다.

"그럼 주인인 내가 의뢰를 받아주지. 앉아봐."

기묘한 해후를 비웃듯 도어벨이 바람에 흔들리며 종소리가 울렸다.

쓰키시로 다마키. 나와 같은 린푸대학교 문학부 2학년. 그녀에 대해 말하자면 평가는 둘로 나뉜다. 우선 여자들에게는 압도적으로 혹평을 받는다. 얼굴은 예쁘지만 붙임성이 없고 성격이 별로라는 의견이 많다. 하지만 남자들에게는 호평을 받는다. 눈이 크고 속눈썹이 길어 청초하고 단아한 데다 잡티 없이 고운 피부는 도자기 같다. 손에는 늘 얇고 투명한 장갑을 끼고 있어 청순함이 배가 된다. 얼음공주처럼 차가운 표정은 화룡점정이다. 때문에 학교 남자들은 한번쯤 그녀의 남자 친구가 되는 걸 꿈꿔본 듯하다. 게다가 말랐는데도 글래머러스해서 모든 걸 갖췄다고 할 수 있다.

그런 쓰키시로와 단 둘이 있게 되다니, 상상도 못 했던 일이다. 쓰키시로는 계산대 안쪽 의자에, 나는 그 앞에 놓인 나무 의자에 앉았다. 분위기는 숨 막힐 정도로 서먹했다. 시계 소리마저 이 광경을 의아하게 여기는 것 같았다.

"나를 아는 걸 보니 린푸대학교에 다녀?"

"같은 학부인 도노 하루키라고 해. 잘 부탁해."

쓰키시로는 나를 몰랐던 모양인지 "반가워."라고 인사했다. 이게 낫다. 나를 알고 있었다면 오히려 안절부절못했을 거다.

"그럼 시작해볼까? 용건이 뭐였더라. 혹시 네가 인기 없는 이유가 궁금한 거야? 여자들을 몰래 훔쳐보는 것부터 그만둬야 할까요, 뭐 그런 거?"

"아까 한 말은 못 들은 걸로 해. 그런 걸 물어보러 온 게 아니야."

작정하고 묻는 듯한 그녀에게 하고 싶은 말이 많았지만, 내가 말실수를 한 건 사실이므로 참았다. 그리고 얼른 본론으로 들어가기 위해 가방에서 열쇠 꾸러미를 꺼냈다.

"요즘 가위에 자주 눌려. 눈을 뜨면 머리맡에 이 열쇠 꾸러미가 있어. 열쇠 꾸러미는 쓰레기통에 버려도 강에 던져도 다음 날 머리맡에 돌아와 있어."

"좀 볼게."

쓰키시로가 열쇠 꾸러미를 손에 들고 이리저리 살펴보기 시작했다. 어색하고 민망한 시간이 흘렀다.

분명히 버렸는데 악몽과 함께 돌아오는 열쇠 꾸러미라니. 내가 생각해도 너무 이상한 이야기다. 하지만 실제로 일어난 일이고 그 일 때문에 나는 지금 이곳에 와 있다. 쓰키시로는 자못 진지한 얼굴로 열쇠 꾸러미를 살펴봤다. 내가 할 수 있는 일이라곤 가늘고 예쁜 그녀의 손가락을 바라보는 것뿐이었다. 긴장감이 어느 정도 사라졌을 무렵, 쓰키시로가 입을 열었다.

"좀 더 봐야 알겠지만, 이 열쇠 꾸러미에서 심상치 않은 기운이 느껴져. 마법 도구일 가능성이 아주 높아."

"뭐? 마법 도구?"

쓰키시로의 말에 나는 충격을 받아 곧바로 되물었다. 내 발로와서 이런 말을 하기는 좀 그렇지만, 이 시대에 마법 도구라니. 솔직히 열쇠 꾸러미를 본 뒤 수면 부족으로 인한 잠꼬대 취급을 하면 거기에 대꾸할 준비는 되어 있었다. 그런데 내가 겪는 일이 사실이라고 인정받을 줄이야. 게다가 마법이라니. 아, 혹시 도라에몽에 나오는 비밀 도구 같은 걸 말하는 건가? 그런데 도라에몽은 비밀이라고 하기에는 동네방네 공개하던데. 어쨌든 나는 당황스러운 표정을 감출 수 없었다.

그런 나를 앞에 두고, 쓰키시로는 담담한 목소리로 설명했다.

"마음속에 품은 생각이 강렬해지면 마법이라는 개념이 생겨. 마법이 물건 안에 깃들면 마법 도구가 되고, 사람 안에 깃들면 마법사가 되는 거야. 마법 도구든 마법사든 원래 품고 있던 생각과 관련된 능력을 하나씩 갖게 돼. 그런데 그 힘은 한정되어 있고, 자신도 모르게 발휘되는 까닭에 대부분 악영향을 미치지. 여기는 마법이나 마법 도구 때문에 발생한 사건을 해결해주는 가게야. 평소에는 골동품 가게이지만, 의뢰가 들어오면 대가 없이 도와주는 게 선대부터 이어져온 방침이니까 돈 걱정은 안 해도 돼."

쓰키시로의 마법 강좌는 계속 이어졌다. 듣고 있으려니 쓰키시로에게는 미안하지만 이런 생각이 들었다.

'이 사람은 혹시 가까이하면 안 되는 사람인가?'

내 발로 온 건 맞지만, 나조차도 내가 겪는 현상을 받아들일 수 없는 게 사실이다. 그런데 마법이라니. 아무리 그래도 너무 허황된 소리 아닌가? 그럼에도 스키시로의 말이 틀렸다고 딱 잘라 말할 수 없는 이유는 이미 왼손의 저주를 겪고 있기 때문이다. 세상에는 말로 설명할 수 없는 일들이 분명히 존재한다. 쓰키시로의 카랑카랑한 목소리에서 박력 비슷한 게 느껴졌다.

"대략 여기까지. 이해했지?"

"아니, 전혀 모르겠는데."

솔직하게 대답했다. 쓰키시로는 이해하지 못하는 내가 문제라는 듯 비아냥거렸다.

"뭐, 여자 친구도 없는 사람이 이해하기는 어렵겠지."

저 말투는 뭐지?

"여자 친구 이야기가 여기서 왜 나와? 억지도 정도가 있지."

"그럼 있어?"

"지금은 없어."

"……."

"계속 없었거든!"

쓰키시로는 얼굴이 빨개진 나를 '나한테 반했지?'라는 듯한 눈빛으로 바라봤다. 쓰키시로가 혹평을 듣는 이유를 이제야 알 것 같았다. 사회성이 없달까, 사람을 불편하게 만든달까. 하지 않아도 좋을 말을 굳이 내뱉는다. 무슨 목적이 있는 걸까.

내 생각을 눈치채지 못한 건지 쓰키시로가 한층 더 충격적인 말을 내뱉었다.

"못 믿는 것도 당연해. 그래서 지금부터 실제로 보여주려고."

"보여준다니, 뭘?"

말이 끝나기가 무섭게 쓰키시로는 벌떡 일어나더니 옆에 있던 가방을 손에 들고 가게 입구로 향했다.

"멍하니 있지 말고 앞장서. 너희 집에 갈 거니까."

"우리 집? 왜?"

"현장 조사는 기본이지. 내 잔향 맡고 있지 말고 빨리 와."

"맡은 적 없거든. 왜 자꾸 날 변태로 만드는 거야?"

쓰키시로는 내 질문에는 아랑곳하지 않고 성큼성큼 걸어갔다. 당황한 나는 뒤를 쫓아갈 수밖에 없었다. 열쇠 꾸러미는 뭐고 마법은 또 뭔지 묻고 싶은 게 산더미였지만 이때 내 머릿속을 가득 채우고 있는 것은 쓰키시로는 알 수 없는 사람이라는 생각뿐이었다. 대화를 나눠보니 건조하달까, 이기적이랄까, 그런 평가가 틀리지 않다는 사실을 알 수 있었다. 쓰키시로의 본색이 발휘된 것은 이때부터였다.

골동품 가게를 나와 20분 정도 걸어 도착한 곳은 학교 뒤편에 위치한 내가 사는 아파트였다. 우리 집에서 대체 뭘 할 생각인지 물었지만, 쓰키시로는 "현장 조사가 철칙이야."라며 기세를 굽히지 않았다. 집에 여자가 방문하는 것은 엄청나고 대단한일이다. 그런데 내 생애 처음인 이 일을 이렇게 얼렁뚱땅 해치워버릴 수는 없다. 어떻게든 막아보려 발버둥을 쳤지만 그녀는 강력했다. 경찰을 부르네 마네 입씨름을 벌인 끝에 가까스로 청소할 시간을 확보할 정도로 시간을 벌었다. 집에 여자를 초대하는 엄청난 사건은 이렇게 일어났다.

"여기가 현장이군."

"말해두지만 볼 건 하나도 없어."

겸손이 아니라 정말 없어서 한 말이었다. 나는 집을 꾸민다는 개념이 기본적으로 이해가 가지 않는다. TV에서 멋지게 꾸며진 집을 볼 때마다 청소하기 힘들지 않을까, 먼지가 쌓이지 않을까 하는 생각이 들 뿐이다. 생필품과 취미에 관한 책 정도만 겨우 집에 두는 게 내 스타일이다. 쓰키시로는 변함없이 무표정한 얼굴로 방 안을 둘러보더니 이렇게 말했다.

"마술 세계에서는 열쇠가 자주 등장해."

쓰키시로는 내가 건넨 열쇠 꾸러미를 짤랑거리며 무심하게 말을 이었다.

"유명한 걸 소개하자면 솔로몬의 열쇠가 있지. 열쇠라는 이름이 붙기는 했지만, 사실은 서양의 오랜 마도서 중 하나야. 마법진(마법을 사용하기 위해 그리는 문양―옮긴이)이나 주문 같은 마술 지식이 실려 있어. 그래서 제목의 '열쇠'를 마술의 끈을 푸는 열쇠, 마술사의 지식이나 기억을 푸는 열쇠처럼 봉인된 진실에 손을 뻗는 개념이라고 말하기도 해."

"그렇구나."

"이 외에도 마도서는 많아. 레메게톤, 네크로노미콘 등 열거하면 끝이 없지. 동양의 음양사나 무속인, 주술사 이야기까지 신기한 현상들을 기록한 마도서가 전 세계에 존재해. 그만큼 인류사에서 마술은 중요하게 여겨져왔어."

이야기를 이어가는 쓰키시로의 나지막한 목소리를 듣다 보니 마음이 편안해졌다. 마법에는 흥미가 없었지만 넋 놓고 쓰키시로의 이야기를 들었다.

"이건 어디까지나 마술에 관한 이야기야. 마술과 마법은 밀접하게 관련돼 있지만, 이 두 가지는 달리 봐야 해. 마술은 연금술로 대표되는 화학 또는 종교의 일부로 쇠퇴해버렸어. 하지만 마법은 여전히 과학으로 설명할 수 없는 것으로 사람들의 마음속에 자리하고 있지. 이번 일에서는 우리가 가진 열쇠의 이미지가 힌트가 될 거야."

"열쇠의 이미지?"

"현대인에게 열쇠는 무언가를 잠그는 개념이야. 집 열쇠나 금고 열쇠, 아니면 수수께끼를 푸는 힌트 같은 것을 생각해도 돼. 먼저 글자 그대로의 의미를 염두에 두고 이 방에 열쇠 구멍이 있는지 수색해볼게. 열쇠가 있다면 어딘가에 열쇠 구멍도 있겠지."

"뭐, 뭐라고? 수색?"

어감이 좋지 않은 단어에 깜짝 놀라 쓰키시로의 얼굴을 쳐다봤다.

"응, 이곳에서 악몽을 꿨으니 원인 역시 이 방에 있을 가능성이 높아. 자, 시작한다."

"뭐? 잠깐, 기다려. 으앗!"

무슨 일이 벌어진 걸까. 나도 모르게 비명을 질렀다. 쓰키시로는 내 대답을 기다리지 않고 방을 마구 뒤지기 시작했다. 옷장을 열고 카펫을 뒤집고 속옷 서랍을 휘저었다. 아니, 잠깐만, 잠깐만!

"야, 너 지금 뭐하는 거야?"

"열쇠 구멍 찾고 있지. 너도 도와."

"여기는 내 공간이야. 그리고 아까 싹 청소했다고."

"알아. 어차피 다 어질러질 텐데 왜 쓸데없는 일을 하나 싶었어."

"다, 다시 말하지만, 나한테도 사생활이 있다고."

"신경 쓰지 마. 여자 발자국을 좋아하는 사람 방에서 추잡한 물건이 나온다 해도 호감도가 약간 더 떨어질 뿐이니까."

"내가 진짜 그런 것처럼 말하지 마. 그런데 호감도는 얼마나 떨어지는데?"

"적게 잡아도 400쯤?"

"지금 호감도는?"

"5 정도."

"완전 치명타잖아!"

사생활이고 뭐고 없었다. 아무리 말려도 쓰키시로는 내 방을 마구잡이로 수색했다. 젠장, 최악이다. 이런 망신을 당할 줄이야. 나는 창피해서 얼굴이 빨갛게 달아올랐다.

그렇게 한 시간쯤 지난 오후 5시 무렵.

"열쇠 구멍은 없군. 조사는 원점으로 돌아갔어."

"이렇게 난장판을 만들어놓고……."

태연하게 말하는 그녀에게 원망 섞인 말을 내뱉었다. 완전히 지쳐 소리칠 힘도 없었다. 하지만 이 사태가 의외로 사건의 새로운 실마리가 되었다.

"그렇게 신경 쓰일 일인가? 엄마한테 방을 들킨 정도라고 생각하면 될 텐데."

"신경 쓰이는 게 당연하지. 동갑내기 여자가 내 방을 뒤졌는데. 게다가 난 엄마가 없어서 그런 게 어떤 기분인지 몰라."

"아."

무심코 내뱉은 한마디였다. 너무 피곤해서 아무 생각 없이 한 말이었다. 내게 엄마가 없는 건 특별한 일이 아니니까.

"······."

"어? 왜 그래?"

왜였을까. 쓰키시로는 잠시 침묵하는가 싶더니 갑자기 입을 열었다.

"······방금 그건 내 잘못이 아니야."

"뭐?"

"이럴 때 사과하는 사람도 있지만, 몰랐으니까 어쩔 수 없잖아."

"응."

"하지만 이대로 끝낸다면 네가 집에 여자를 초대했는데 그 여자가 과거를 들춰서 옛 상처가 떠오르는 바람에 평생 어떤 여자도 만나지 못하게 되었다는 비참한 시나리오가 쓰여질지도 모르지."

"잠깐만. 왜 갑자기 나를 비운의 주인공으로 만드는 건데?"

"그러니까 이건 너를 위한 거야. 내 잘못이 아니라 네 장래를 위해 내가 어른스럽게 대처한다는 의미에서."

"의미에서?"

"뭐, 사과한다. 의도한 건 아니지만 일단 벌어진 일이니 어쩔 수 없지. 내가 사과할게. 쓸데없는 말을 해서 미안해."

"……."

'엇, 혹시 방금 저 말은 사과가 아니라 사과할 생각을 말하는 건가?'

사과할 때 곁들여서는 안 되는 단어가 무려 네 개나 들어 있어서 사과라기보다는 '사과하면 되잖아. 미안해. 됐지? 끝.' 수준으로 들렸다. 그래도 어느 정도 진심은 느껴졌다. 쓰키시로의 불만 가득한 뺨이 희미하게나마 주홍빛을 띠었다. 마치 스포이트로 붉은 잉크를 한 방울 떨어뜨린 것 같았다. 어쩜 저렇게 귀여울 수 있을까. 이 와중에 이런 생각을 하는 내가 한심하게만 느껴졌다.

"엄마는 초등학교 4학년 때 엄마가 병으로 돌아가셨어. 꽤 어릴 때라 엄마에 대한 기억이 많이 남아 있는 것도 아니고, 딱히 슬픈 감정도 들지 않아. 아버지와는 잘 지내는 편이야. 그러니까 신경 쓰지 않아도 돼. 어쨌든 나도 까칠하게 굴어서 미안해."

"네가 사과할 필요는 없는 것 같은데."

"됐어. 생각해보면 의뢰한 사람은 나야. 의뢰받고 와준 사람에게 그렇게 하면 안 되지."

"……그건 뭐 괜찮아."

어떻게 흘러가든 상관없는 사소한 대화였지만, 팽팽했던 분위기가 다소 누그러졌다. 그러다가 쓰키시로는 무언가 짚이는 게 있는지 갑자기 입술에 손을 대고 생각에 잠겼다. 덩달아 나도 침묵했다.

어느새 하늘은 어두워지고 눈부신 저녁노을이 쓰키시로의 머리카락에 드리웠다. 긴 속눈썹 아래 짙은 그림자가 지며 눈가의 는 음영이 선명해졌다. 이 순간에만 볼 수 있는 아름다움이었다. 가는 손가락을 깨물고 있는 입술이 왠지 모르게 일탈을 떠올리게 했다. 정말이지 미인이다. 미인은 사흘이면 질린다고 하지만, 쓰키시로에게 사흘 만에 질리는 일은 불가능할 것 같았다. 그렇게 생각하니 이상하게도 지금이 얼마나 사치스러운 순간인지 와 닿았다.

길고도 짧은 시간이 끝났다. 쓰키시로가 자신만의 세계에서 돌아온 듯한 눈빛으로 나를 바라봤다.

"도노, 오늘 찾아와줘서 고마웠다."

"응, 아, 나야말로."

"오늘은 늦었으니 이만 가볼게. 사건의 원인을 알려면 좀 더 시간이 필요할 것 같아."

"그래, 알겠어. 그럼 앞으로도 잘 부탁해."

쓰키시로의 말에 나는 안도와 더불어 약간의 아쉬움을 느꼈다. 결코 흑심이 있는 건 아니다. 안도감이 훨씬 컸다. 쓰키시로가 속옷 서랍을 뒤지면서 따분한 표정으로 "볼 것도 없네."라고 말한 일은 내게 나름 상처를 주었다.

그래도 그 순간, 그녀와 나는 서로 알아가고 있었다. 쓰키시로와 친해지지 못하고 이렇게 헤어지는 게 아쉬웠다. 그뿐이다. 불가사의한 일에 대해서 물어봐야 할 것이 많았지만, 나는 쓰키시로가 더 궁금했다. 그녀를 좀 더 알고 싶었다. 현관에서 쓰키시로가 남긴 한 마디에 희망이 보였다.

"이 열쇠 꾸러미는 내가 보관할까 하는데, 괜찮지?"

"그렇게 해주면 고맙지."

"계속 조사해볼 테니까 조금만 기다려. 여기 또 와야 될 거 같으니까 그때도 잘 부탁해."

"아, 알겠어."

그 말을 마지막으로 쓰키시로는 떠났다. 남겨진 나는 그녀의 마지막 말을 다시 떠올렸다. 무슨 말이지? 다시 온다는 건가? 여기까지 생각에 미쳤을 때 내 안에서 끊겼던 실이 다시 이어진 느낌이 들었다. 무엇과 연결되었는지는 알 수 없었다. 다만 싫지는 않았다. 잠시 뒤, 그 이유를 알 수 있었다.

"다음번엔 홍차 한 잔 정도는 주지?"

쓰키시로가 작게 숨을 내쉬며 중얼거리는 소리가 들렸다.

꿈을 꿨다. 그날은 드물게 악몽이 아니었다.

집에서 엄마와 함께 푸딩을 먹고 있었다. 엄마와 나는 서로를 마주보며 웃고 있었다. 그러고 보니 푸딩을 좋아하는 건 엄마를 닮았다. 엄마에 대한 몇 안 되는 기억 중 하나다. 하지만 평화로운 꿈은 금세 끝났다.

곧이어 눈앞에 어릴 적 학교에서의 한 장면이 펼쳐졌다. 엄마가 돌아가신 후의 일이다. 한 여학생이 엄마 없는 나를 배려해 다정하게 말을 건넸다. 하지만 나는 그 배려가 가짜라는 걸 알고 있었다. 그 아이는 '불쌍한 아이를 배려해주는 착한 사람'이라며 자신을 좋은 사람으로 포장하는 사람이었다. 전에도 괴롭힘을 당하는 아이를 걱정하는 척하면서 뒤에서 비웃던 것을 몇 번 본 적 있었다. 어머니가 없다는 사실로 딱히 괴롭힘을 당하지는 않았지만, 그 아이의 행동 때문에 나는 우울해졌다. 그렇다고 험담을 하고 싶지는 않았다. 하지만 여지없이 왼손 때문에 내 속마음이 전달됐다. 어쩌면 이날이 왼손의 저주가 처음 드러난 날인지도 모른다.

'우월감을 느끼려고 날 이용하지 마.'

내 생각이 고스란히 전해지자 그 아이는 나를 비난했다. 이후에도 속마음이 새어나가는 일은 비일비재했고, 그럴 때마다 사람들과 갈등이 빚어졌다. 더구나 나는 말주변이 없었던 터라 갈등을 제대로 풀지 못해 사람들의 오해를 한몸에 받았다. 그럴 때마다 세상은 나에게 왜 이렇게 혹독한가, 나는 왜 이렇게 태어났나 좌절하며 점점 사람을 피하게 되었다.

갑자기 눈앞이 캄캄해졌다. 또 새로운 악몽이 시작됐다. 어두컴컴한 곳에서 알 수 없는 형체가 나를 향해 손을 흔들었다. 검은 덩어리가 소리쳤다. 어둠 사이로 어렴풋이 목소리가 들려왔다. 하루. 그렇게 들렸던 것 같다. 무슨 뜻인지는 알 수 없어 답답했다. 이런 꿈을 꾸고 나면 마치 무언가를 거절한 것 같은 기분이 든다. 머리가 아프고 구역질이 나고 온몸에서 검은 어둠이 피어나는 것만 같다. 괴롭다. 아프다. 누군가의 신음이 들렸다. 그만해. 나는…….

나를 좀먹는 꿈은 거기서 끝났다.

쓰키시로와 기묘한 해후를 한 다음 날부터는 특별할 것 없는 나날이 이어졌다. 여전히 악몽을 꾸지만 쓰키시로에게 열쇠 꾸러미를 맡긴 뒤로는 더 이상 머리맡에 열쇠 꾸러미가 나타나지 않았다. 혼자서 끙끙거리던 마음을 누군가에게 털어놓아서일까. 조금은 가볍게 하루를 보낼 수 있었다.

쓰키시로와의 관계에는 이렇다 할 만한 변화가 없었다. 딱히 인사를 나누는 사이가 된 것도 아니다. 도도하게 걷는 쓰키시로를 여전히 멀리서 바라볼 뿐이다. 사실 갑자기 친해지는 것도 웃기는 일이다. 이걸로 충분하다.

내가 할 수 있는 건 딱히 없었다. 하지만 이렇게 마냥 손 놓고 기다릴 수도 없었다. 쓰키시로에게 맡겨두고만 있을 수는 없어서 나름대로 조사를 시작했다.

일단은 마법에 대해서 알아봤다. 마법의 존재를 믿는 건 아니지만 흥미롭기는 했다. 학교 도서관에서 마법을 검색했다. 주로 마법책들이 나왔다. 한 권 한 권 펼쳐봤지만, 의미를 알 수 없는 마법진만 가득 그려져 있었다. 아무래도 이 책들은 아닌 것 같아서 책을 덮고 다른 장르를 찾아보았다.

이번에는 《심리학은 마법이 아니라 수식이다》라는 책을 꺼내 들었다. 내가 찾는 마법과는 관련 없어 보이지만 일단 읽어보기로 했다. 우연히 펼친 부분에 다중인격에 관한 글이 실려 있었다.

사람은 너무 힘든 일을 겪으면 자신의 마음을 보호하기 위해 무의식중에 고통스러운 기억을 봉인한다고 한다. 그렇게 봉인된 기억이 다른 인격체로 나타나는 것이 다중인격이라고 했다. 그렇구나. 재미있다고 생각했지만, 마법과는 관련 없는 내용이다.

다음으로 찾은 책은 어린이를 위한 그림책이었다. 대학교 도서관에 이런 책도 있구나.

딱히 이거다 싶은 책은 없었다. 그 와중에 《마녀의 빵집》이라는 책이 눈에 띄었다. 어렸을 때 좋아했던 책을 보니 반가웠다. 재미있게 읽었던 기억이 난다. 마법을 다루는 여자아이와 평범한 남자아이가 주인공이다. 여자아이는 마법을 다룰 수 있지만 마음이 약해서 혼자서는 아무 일도 하지 못한다. 남자아이는 마법을 다루지는 못하지만 누구보다도 씩씩해서 여자아이를 척척 이끌어준다. 결국 여자아이는 남자아이의 도움으로 빵집을 차린다. 마법으로 만든 빵은 무척 맛있어서 많은 사람에게 사랑을 받는다. 정말이지 따뜻한 그림책이다.

처음 목적은 마법에 대해 알아보려는 거였지만 어느새 나는 여러 권의 그림책을 손에 든 채 한동안 그리움에 잠겨 있었다. 사건이 새로운 국면으로 접어든 건 다음 날이었다.

그날은 금요일이었다. 식당에서 혼자 점심을 먹고 있었다. 갑자기 식당 안이 소란스러워졌다.

"도노, 여기 앉아도 돼?"

"뭐?"

후루룩 소리를 내며 우동을 먹고 있던 내게 합석을 요구한 것은 쓰키시로였다. 커다란 도시락을 손에 든 그녀가 당연하다는 듯이 내 맞은편에 앉자 주변에 있던 남학생들이 웅성거리기 시작했다.

"뭐야? 무슨 일이야?"

"아니, 우리의 쓰키시로가."

"쟤 누구야? 왜 쓰키시로와 같이 있는 거야?"

"으앗…… 신은 없나 봐."

'큰일이다. 이 상황에 밥이 들어가겠냐고.'

쓰키시로는 아무렇지도 않은 얼굴로 밥을 먹기 시작했지만 나는 그럴 수 없었다. 초조했다. 그러는 게 당연했다. 쓰키시로는 여자들에게는 엄청난 미움을 받지만 남자들에게는 엄청난 인기를 얻고 있다. 그렇다고 남자들이 쓰키시로를 떠받드는가 하면 그건 그렇지 않다. 말하자면 그림의 떡, 먹지 못하는 감 같은 존재로, 남자들 사이에는 쓰키시로 불가침조약 같은 것이 암묵적으로 맺어져 있었다. 그것을 어긴 사람은 돌팔매질을 당하는 분위기가 조성돼 있었다. 그런 상황에서 이렇게 사람들이 많은 장소에서 쓰키시로와 합석을 하다니. 사방에서 분노의 열기가 느껴졌다. 그걸 아는지 모르는지 쓰키시로는 불난 집에 기름을 부었다.

"지난번 집에 초대해줘서 고마웠어. 아주 의미 있는 시간이었어."

뭐얏! 식당 전체가 들썩였다.

"그리고 어제 너희 본가에 갔었는데……."

"뭐? 왜?"

"본가?"

등 뒤에 있던 남학생들이 조용히 분노의 포효를 울리는 소리가 들려왔다. 방금 이 말은 충분히 놀랄 만했다. 그래도 그렇게 소리 지를 건 없잖아.

쓰키시로는 주변 사람들의 눈치를 전혀 보지 않고 있었다. 어떤 면에서는 대단하다.

"열쇠 구멍을 찾기 위해서 집을 방문할 거라고 말했을 텐데."

"갑자기 그렇게 말하면 어떻게 본가를 떠올리겠어? 주소는 어떻게 알았는데?"

"방을 수색할 때 본가에서 온 우편물을 봤어. 아버님께 인사도 드렸어."

고개를 떨궜다. 이런 전개는 상상도 못 했다. 그러고 보니 어젯밤, "아빠 긴장돼서 죽는 줄 알았다."라고 SNS 메시지가 왔다. 귀찮아서 답을 하지 않았는데 그냥 지나칠 일이 아니었다.

쓰키시로의 돌출 행동에 나는 몹시 불안해졌다. 주변에 있던 학생들이 "아버지한테 인사를 드렸대.""거짓말이라고 말해줘." 라고 웅성거렸다. 하지만 과연 쓰키시로였다. 주변의 소리에는 아랑곳하지 않고 무심한 얼굴로 자기 할 말을 꿋꿋이 이어갔다.

"조사 결과를 말해줄게. 드디어 열쇠 구멍을 찾았어."

"……뭐, 찾았어?"

"응, 정확하게는 아직 찾지 못했지만, 대충 어디에 있는지는 알 것 같아."

"그, 그렇구나."

그렇게 찾던 열쇠 구멍이 본가에 있었을 줄이야. 정말이지 깜짝 놀랐다. 그런데 정확하게는 아직 찾지 못했다는 건 무슨 말이지? 어쨌든, 사건 해결에 한 발 다가섰다면야 뭐.

"그래서 앞으로는 말이야……."

갑자기 예상치 못한 방해가 시작됐다.

"이봐, 쓰키시로. 그 녀석 말고 우리랑 놀자."

"응? 아……."

쓰키시로의 말문을 막으며 그녀의 등 뒤에서 남학생 두 명이 나타났다. 그들은 내게는 눈길도 주지 않고 쓰키시로의 양쪽에 서서 적극적으로 다가섰다.

"괜찮지? 그냥 차 한 잔 마시자는 거야."

"아니면 노래방 갈래? 어디든 네가 좋아하는 곳으로 가자."

'이 말도 안 되는 상황이 현실이냐?'

주변에서 탄식이 흘러나왔다.

내가 아는 한 그동안 학교 안에서 쓰키시로에게 적극적으로 다가선 사람은 없었다. 갑자기 대낮에 이렇게 당당하게 쓰키시로에게 접근하는 이유는 나를 보며 자신들에게도 기회가 있을 거라고 생각했기 때문일까. 그렇다면 이것은 내 탓이다. 어쨌든 지금은 이들을 막아야했다. 누가 쓰키시로를 꼬시든 좋을 대로 하라지만, 우리는 지금 진지한 이야기를 나눠야 했다.

"저, 미안하지만 지금은……."

"괜찮지? 쓰키시로, 이런 놈은 내버려두고 우리랑 가자."

"제발, 쓰키시로. 이 녀석보다 우리가 더 재미있을 거야."

'하, 이것들 봐라.'

그들의 말에 화가 났다. 마음속으로는 무시할 수 있다지만 내 앞에서 이렇게 대놓고 표현하다니, 이 무식한 놈들에게 무슨 말을 해줘야 할지 머리를 쥐어짰다.

"하."

내가 입을 열기도 전에 쓰키시로가 크게 한숨을 내쉬더니 피곤한 어투로 말했다.

"거기 둘."

"응, 쓰키시로?"

"우리랑 놀 마음이 생겼어?"

"미안하지만 너희들 외모는 털끝만큼도 내 스타일이 아니야. 반경 50미터 내에는 접근 금지야."

"뭐?"

엄청난 대사다. 순식간에 싸늘해진 분위기에 시간이 멈춰버린 것만 같았다. 하지만 쓰키시로는 멈추지 않았다.

"두 사람, 잘 들어. 이건 거울이라는 거야. 인간 문명이 만든 편리한 일상 도구지."

"그건 알고 있는데."

"그래? 그럼 한번 사용해보는 걸 권할게. 보여? 여기에 비친 너희들의 면상. 조악하고 음산한 얼굴. 꼭 흙으로 빚어놓은 거 같지 않아? 눈 크게 뜨고 봐."

"흙으로 빚어놓았다니!!"

"솔직히 말할게. 정말 못생겼어. 그런 형편없는 얼굴로 들이댈 용기가 대체 어디서 나왔을까. 용기는 칭찬해줄게. 그런데 불쾌해. 내가 그런 얼굴에 넘어갈 여자로 보였다니. 지금 너희가 내게 말을 걸었다는 게 내 인생 최대의 오점으로 남을 거같아."

"아, 아니, 그게……."

"석기시대 사람들과 가까워질 마음은 없어. 모쪼록 거울을 사용할 수 있을 때까지는 흙 속에 조용히 묻혀 있는 게 좋을 거야. 그럼 안녕."

"윽, 으앗."

'뭐지?'

이게 무슨 악담 폭풍인가. 악담 세례를 받은 두 사람은 눈물을 훔치며 사라졌다. 그녀의 엄청난 격퇴술에 주변에서 박수가 터져 나왔다. 이런 냉혈한 같은 여자가 있다. 절대로 친해지면 안 되는 유형이다.

그런 나의 생각을 아는지 모르는지 어느새 도시락을 다 먹은 쓰키시로는 디저트로 푸딩을 꺼내며 말을 이었다.

"잠깐 방해물이 있었네. 하던 말을 이어서 하자면 열쇠 꾸러미 건을 계속 진행하고 싶어. 그래도 괜찮지?"

"아, 그래…… 계속해."

나는 고개를 끄덕였다. 그녀는 푸딩을 싹싹 긁어 먹으며 알
았다고 중얼거렸다. 그러고는 마지막으로 믿을 수 없는 말을 남
겼다.

"다행히 오늘은 날씨가 맑을 것 같으니까 새벽 3시쯤 우리 가
게로 와. 거기서 모든 걸 말해줄게."

"3시? 그땐 강의가 있는데."

"낮 3시 말고 새벽 3시."

"뭐? 새벽?"

푸딩 접시에 침묵이 쌓였다. 새벽 3시라니. 아, 그건가. 조건
반사적으로 얼굴이 붉어졌다. 갑자기 쓰키시로의 얼굴이 섹시
해 보였다. 당황하는 나를 보며 쓰키시로가 단호하게 말했다.

"새벽 3시에 가게에서 기다릴게. 걱정하지 마. 난 혼자 살아
서 가게에 다른 사람은 없어."

'뭐?'

머릿속이 새하얘졌다.

저녁부터 마음이 붕 떠 있었다. 밤하늘은 구름 한 점 없이 맑

았다. 무수한 별이 깜빡이며 고요한 밤을 소리 없이 노래했다. 그런 밤하늘 아래에서 자전거 페달을 밟으며 나는 좀처럼 차분해지지 않는 마음으로 낮의 대화를 떠올렸다.

'쓰키시로는 그렇게 늦은 시각에 무슨 생각으로 자기 가게에 오라는 걸까?'

쓰키시로는 분명 새벽 3시라고 했다. 그 말을 들었을 때 적잖이 당황했다. 한밤중에 남녀가 단둘이 있다면 누구나 그 의미를 다시 한 번 생각하게 될 거다. 하지만 쓰키시로는 더 이상 설명하지 않고 떠났다. 이유를 알 수 없었다. 그렇다고 그녀를 바람 맞힐 수도 없었다. 나는 잠깐 눈을 붙였다가 나갈 생각이었지만 좀처럼 잠이 오지 않았다. 그러다 2시 45분이 되자 밤거리로 뛰쳐나갔다.

"이렇게 늦은 시간에 자전거를 타는 건 처음인데."

한밤중에 자전거를 타려니 신기했다. 아무런 소리도, 빛도, 누군가의 기척도 없는 고독한 세계. 하지만 전혀 외롭지 않았다. 오히려 곁눈으로 달과 어둠이 느껴져 편안했다. 차가운 밤바람이 목덜미를 부드럽게 간지럽혔다. 낮익은 거리는 시간이 멈춘 듯 곤히 잠들어 있었다. 마치 세상에 나 혼자 깨어 있는 것 같았다. 자전거 바퀴가 굴러가는 소리 사이로 밤의 속삭임이 들리는 듯했다.

어렸을 때 이렇게 밤거리를 걸었던 기억이 났다. 엄마와 함께였다. 쓰키시로를 만난 뒤로 엄마 생각이 자주 난다. 별이 총총히 뜬 밤하늘을 가리키며 엄마는 내게 무언가를 가르쳐주었다. 그 내용은 기억나지 않지만, 좋은 말이었다는 건 안다. 어린 나는 한밤중에 무슨 생각을 하며 걸었을까.

새벽 2시 50분쯤 가게에 도착했다. 자전거를 세운 뒤 문을 열려고 손을 뻗다가 가게 앞에 놓여 있던 입간판이 '마법 도구점 폴라리스'로 바뀐 것을 알아차렸다. 심장이 쿵쾅거렸다.

"실례합니다."

문을 열고 들어가 불이 꺼진 가게 안을 둘러봤다. 가게 안 풍경은 전에 봤을 때와 다르지 않았다. 창가에 놓여 있는 낡은 골동품들이 신비로운 분위기를 풍기는 건 밤이기 때문일까. 그때 의자에 걸터앉아 있던 사람이 나를 불렀다. 쓰키시로였다.

"어서 와."

"아, 응. 너 술 마시는 거야?"

"일할 때는 술 안 마셔."

"그렇구나. 술 냄새가 나서……. 그럼 이 향기는 뭐지?"

"와인이야."

"아까는 술 안 마신다고……. 대체 무슨 상황이야?"

밤에 만난 쓰키시로는 취한 상태였다. 차가운 얼굴이 살짝 부드러워진 채 이렇게 말했다.

"아까는 쓰키시로표 개그."

뭐하자는 거야? 긴장한 내가 바보 같았다.

"아직 시간이 좀 있어."

쓰키시로는 일어서서 와인을 권했다. 술은 사양했다. 그러자 차를 준비해왔다. 계산대 안쪽에 간단한 조리대가 있었다. 봄이기는 해도 밤에는 아직 춥다. 귀여운 컵에 담긴 뜨거운 홍차가 밤에 걸터앉은 내 마음을 풀어주었다. 이상하게 마음이 가벼워졌다.

"쓰키시로, 낮에는 미안했어."

"뭐가?"

"이상한 놈들이 시비를 걸었는데 도와주지 못해서."

정신을 차려보니 내가 먼저 말을 건네고 있었다. 드문 일이었다. 밤이라 감상에 젖어서였을까. 아니면 와인 향에 취해서였을까. 모르겠다. 어쨌든 그런 말이 자연스럽게 흘러나왔다.

깊은 밤 시간이라 그런지 쓰키시로도 조금 달랐다.

"상관없어. 사람들 앞에서 너에게 말을 건 내 잘못이지. 내 팬들이 주위에 많다는 것쯤은 알고 있어."

"팬이라니 자신감이 넘치네."

"이 정도 미모는 숨기기도 어렵지. 옛날에 태어났다면 왕자의 구애를 받아 왕비가 되었을 거야."

자기 입으로 저런 말을 하다니 저렇게 뻔뻔할 수가. 그보다 더 신경 쓰이는 것은 말투다. 퉁명스럽고 뻣뻣한 저 말투.

'……'

왜였을까. 이유는 모르겠지만 눈앞의 쓰키시로가 어쩐지 쓸쓸해 보였다. 내가 먼저 말을 걸어야겠다는 생각이 들었다. 나를 부른 이유 따위는 아무래도 좋았다. 달콤한 레몬차와 고요한 밤, 그리고 포근한 램프의 불빛이 나를 대담하게 만들었다.

"문 앞에 아르바이트 모집 공고가 붙어 있던데 그거 뭐야?"

"뭐냐니?"

"시급 300엔은 너무 싸잖아."

"그 정도면 충분해. 처음부터 뽑을 생각이 없었으니까."

"그럼 왜 붙였어?"

"가끔 나를 보고 아르바이트를 하고 싶다는 사람들이 있어서 액땜으로 붙인 거야."

"너 진짜 인기 많구나."

"너도 잘 알다시피 내가 한 미모하잖아."

쓰키시로는 평소와 다름없는 새침한 얼굴로 와인을 마셨지만 밤이어서인지 어딘지 모르게 부드러운 분위기를 풍겼다.

아버지 외에 다른 사람과 대화를 나누는 것은 정말 오랜만이었다. 친해지기 어려운 얼음공주 쓰키시로와 대화가 통하는 것 같다는 느낌마저 들었다. 그나저나 어떤 모습이 진짜 쓰키시로일까. 우리는 한동안 시답잖은 대화를 이어갔다. 그러다가 생각 없이 던진 질문이 밤공기를 서늘하게 만들었다.

"그런데 왜 가게를 하는 거야? 아직 학생이잖아."

"……."

문득 던진 질문에 쓰키시로는 아무런 대답도 하지 않았다. 뭐야. 괜한 질문을 했나? 그래도 궁금했다. 대학생인데 혼자 가게를 운영하고 있는 이유는 뭘까? 하지만 쓰키시로는 계속 말이 없었다. 어색한 분위기에 눌려 나도 입을 다물었다. 잠시 후 쓰키시로가 입을 열었다.

"할머니가 마법사였어."

"뭐?"

처음 보는 어리고 순수해 보이는 표정이었다. 고요한 밤에 방울을 울리는 듯한 아름다운 목소리가 들렸다. 나는 쓰키시로의 내면에 처음으로 닿았다.

"전에도 말했지만 마법은 사람의 마음에서 생겨나는 거야. 기쁨, 슬픔, 분노 같은 강한 감정을 품었을 때 사람의 내면에서 마법이라는 개념이 생겨. 그 사람이 물건을 만지면 그게 마법 도구가 되고, 사람을 만나면 그 사람이 마법사가 돼. 빈 그릇에 강한 생각이 깃들어 마법이 생기는 거지. 때로는 그릇의 모양마저 바꿔버려. 그리고 원래 품고 있던 감정에서 유래한 능력이 깃들게 되지."

"아."

처음 가게를 방문했을 때도 들었던 이야기다. 한밤중에 나지막이 속삭이는 쓰키시로의 목소리가 가슴에 툭 떨어졌다. 가까스로 미지의 무언가와 해후한 것만 같았다.

"마법은 거의 알려져 있지 않지만 우리 일상에 흔히 존재해. 복권에 여러 번 당첨되는 사람이나 비를 몰고 다니는 남자, 가는 곳마다 날씨가 좋은 여자, 그런 사람들은 대개 마법사인 경우가 많아. 자신도 모르는 사이에 마법사가 된 거지. 무의식적으로 힘을 발휘하는 경우가 꽤 있어."

"그래?"

"극히 드물게 마법 도구에 깃든 생각이 너무 강해서 스스로 통제할 수 없는 마력을 갖게 되는 경우도 있어. 그러면 자신의 의지와 상관없이 멋대로 능력을 발휘하게 되지. 네 열쇠 꾸러미처럼."

쓰키시로의 말에 숨을 삼켰다. 쿵 하고 심장 소리가 들리는 것 같았다.

"유능한 마법사였던 할머니는 이 가게에서 마법 때문에 일어난 문제를 해결하는 일을 하셨어. 할머니가 돌아가시고 나서 가게를 물려받을 사람이 없어서 같은 마법사인 내가 이어받은 거야. 하지만 나는 마법을 좋아하지 않아. 그래서 이렇게 술이라도 마시면서 의지를 다지는 중이지."

방금 쓰키시로가 뭐라고 한 거지? 같은 마법사라고 했다. 마법이 싫다고 했다. 그 말의 의미는? 내가 묻기도 전에 쓰키시로가 자리에서 일어나 가게 안을 걸으며 입을 열었다.

"이제 시간이 됐네."

당황한 나는 그녀의 뒤를 따라갔다. 램프 불빛이 어두운 복도를 은은하게 비췄다. 나지막한 발소리가 마음을 간질였다. 쓰키시로는 긴 계단을 올라 막다른 곳에 있는 문을 열었다. 다음 순간, 장엄한 광경이 펼쳐졌다.

"와, 이게 다 뭐야?"

감탄사가 절로 새어 나왔다. 쓰키시로에게 이끌려 간 안쪽 방에는 천연 플라네타리움이 펼쳐져 있었다. 숨이 멎을 것만 같은 굉장한 풍경이었다.

'대단해. 별이 이렇게 아름답다니.'

방은 아담했지만 돔 형태의 지붕이 통유리로 되어 있었다. 웅장한 우주가 내려다보는 듯했다. 기분 좋은 압도감이 나를 사로잡았다. 하늘이 무척 가깝게 느껴졌다. 불을 끄자 별이 더 반짝거리는 듯했다.

주변에는 천체망원경과 거대한 별자리 지도 등 천체용품이 놓여 있었다. 거기에 겹겹이 쌓인 책이 더해져 방 안은 특별한 운치를 자아냈다. 아름다운 풍경 따위에는 흥미가 없는 나조차도 별빛이 보여주는 환상적인 광경에 황홀함을 느꼈다.

쓰키시로가 있는 쪽에서 금속 부딪치는 소리가 들려 가까스로 정신을 차릴 수 있었다. 고개를 돌려 보니 문제의 그 열쇠 꾸러미가 있었다.

"이 열쇠 꾸러미 말이야. 조사해봤는데 몇 가지 밝혀진 게 있어."

"그래? 열쇠 구멍은 어디에 있어?"

나는 엄숙한 방 안 분위기에 압도된 채 질문을 던졌다. 사실,

분위기에 휩쓸려 열쇠 꾸러미는 까맣게 잊고 있었다.

"열쇠 구멍은 찾았어. 아마도 그건 도노, 네 마음속에 있는 것 같아. 아무래도 이 열쇠는 너의 봉인된 기억을 푸는 열쇠인 것 같고."

"뭐라고?"

나도 모르게 큰 소리를 내고 말았다. 기억이라니, 무슨 소리야?

할 말을 잃은 내 앞에서 쓰키시로는 태연한 표정으로 말을 이었다.

"맨 처음 이상하다고 생각한 것은 네가 엄마 이야기를 했을 때였어. 초등학교 4학년 때 돌아가셨으니 어렸을 때라 기억이 안 나나 보다 했지."

"그런데?"

"이상하잖아. 초등학교 4학년이면 그렇게 옛날도 아니야. 철들기 전이라고 말하기도 어렵고."

"그런가? 그렇게는 생각해보지 않……."

생각해보지 않았다고 말하려다가 말문이 막혔다. 그러고 보니 초등학교 4학년이라고 해봤자 10년 전이다. 기억이 나지 않을 만큼 옛날은 아니다. 그 사실을 깨달은 순간, 돌연 한기가 엄습했다.

 사실이다. 왜 지금까지 궁금하지 않았을까. 열 살 때 일을 까맣게 기억하지 못하다니, 아무리 생각해도 부자연스럽다. 엄마와 나눈 다른 추억은 기억하면서 돌아가실 때의 일만 기억하지 못한다니 앞뒤가 맞지 않는다.

 "본가에 갔던 건 너희 아버지께 이야기를 듣고 싶어서였어. 아버지께서 너에게만 비밀로 하고 싶었던 이야기를 들려주실지도 모른다고 생각해서 혼자 갔어. 미리 말하지 않고 가서 미안해."

 "아니, 뭐, 그거야……."

 충격이 채 가시지 않은 가운데 쓰키시로가 사과했다. 하지만 나는 사과 따위는 귀에 들어오지도 않았다.

 "그래서 뭘 알아냈는데? 아버지가 열쇠 꾸러미에 대해 뭐라고 하셨어?"

 "아버님은 열쇠 꾸러미에 대해선 모르시더라고. 마법의 존재도 모르시는 것 같았어. 하지만 이번 건에 대해 말씀드렸더니 이렇게 말씀하셨어. 아들이 이상할 만큼 자기 어머니를 기억하지 못한다고."

 순간 눈앞이 하얘졌다. 뭐지? 충격이 아니다. 슬픈 것도 아니다. 그저 내 안에서 무언가가 무너지는 소리가 들린 듯 것 같았다. 밤의 어둠이 낯선 얼굴을 내밀었다.

"아버님은 이렇게 말씀하셨어. 네가 어머니를 기억하지 못하는 건 아마도 그 일에 대한 충격이 너무 크기 때문일 거라고. 잊고 사는 게 좋을지도 모른다고. 어머니가 돌아가실 당시의 일에 대해서는 말씀하시지 않았지만, 갑자기 나타나서 이상한 이야기를 하는 나를 믿을 만큼 너를 많이 걱정하셨어."

"그렇구나……."

그렇게 중얼거렸지만 생각이 멈춘 것만 같았다. 내가 기억하기에 엄마는 병으로 돌아가셨다. 그게 전부다. 나머지는 전혀 기억나지 않는다. 함께 푸딩을 먹고 밤길을 걸었던 기억은 어렴풋이 남아 있다. 하지만 아버지의 말처럼 이유가 있어서 일부러 엄마의 기억을 잊은 거라면……. 왜? 어째서? 의심을 지울 수 없었다.

그때 도서관에서 읽은 다중인격에 관한 책이 떠올랐다. 그 책에선 다중인격에 대해 이렇게 설명했다. 사람은 너무 힘든 일을 겪으면 자신의 마음을 보호하기 위해 무의식중에 고통스러운 기억을 봉인하는데, 그렇게 봉인한 기억이 다른 인격체로 나타난다.

내가 다중인격인 건 아니지만 기억을 봉인한 것까지는 맞다. 그 기억이 악몽과 관련 있다면, 열쇠 꾸러미가 의미하는 것은 무엇일까? 머릿속이 어지러워진 나를 보듬듯 쓰키시로가 부드러운 목소리로 말했다.

　"사실 이번 조사에서는 이것의 공헌이 컸다고 생각해."

　"이것?"

　쓰키시로는 왼손에 끼고 있던 장갑을 벗었다. 밤에 드러난 흰 피부는 현실감 없이 느껴질 정도로 투명했다.

　"아까 말한 것처럼 나는 마법을 쓸 수 있어. 왼손으로 만지기만 하면 마법 도구를 다룰 수 있는 능력을 갖고 있지."

　"왼손……."

　갑자기 밝힌 진실에 나는 다시 할 말을 잃었다. 그와 비슷한 것을 알기 때문이다.

　"마법은 불완전한 거야. 난 할머니처럼 완벽하게 마법을 통제하지 못해. 그런데도 이 아이, 그러니까 이 열쇠 꾸러미는 자신의 존재가 네 과거와 연관되어 있다는 것을 가르쳐줬어. 사전 조사를 마친 지금은 모든 의문을 풀 수 있을 것 같아."

　그렇게 말하며 쓰키시로는 밤하늘을 올려다봤다. 수천수만 개의 별들이 이룬 은빛 세계를.

"내 마법에는 사연이 있어. 새벽 3시 33분, 별이 총총히 뜬 밤에만 완전히 통제할 수 있어. 지금은 새벽 3시 28분이야. 지금부터 5분 후에 이 열쇠 꾸러미를 만지면 네 기억, 아마도 너와 엄마의 기억을 모두 봉인 해제할 수 있을 거야. 그전에 다시 물을게. 정말로 기억을 되살리고 싶어? 한 번 생각을 떠올리게 되면두 번 다시 잊을 수 없을지도 몰라."

"음……."

쓰키시로가 진지한 얼굴로 물었다. 나는 질문의 의미를 깊이생각했다. 봉인된 과거의 기억을 해제하면 어떤 일이 벌어질까?알 수 없다. 아버지의 말대로라면 어머니가 돌아가신 순간 나는큰 절망에 빠졌던 것 같다. 궁금한 게 많았다. 악몽의 정체, 열쇠꾸러미의 진실. 솔직히 머리도 마음도 한계에 다다랐다. 그렇지않아도 받아들이기 어려운 미지의 세계를 접한 지 얼마 되지 않았는데 이런 선택의 갈림길에 서게 될 줄이야. 과부하도 이런과부하가 없다.

"쓰키시로, 한 가지만 물어볼게."

"뭔데?"

새벽 3시 29분. 나는 그녀에게 물었다.

"이런 이야기는 낮에 해도 되지 않아? 내가 어떤 선택을 할지 들어본 다음에 이야기해도 됐을 텐데 왜 굳이 이 시간에 불러내서 선택을 하게 하는 거야? 네 사심이 섞여 있는 거야? 내게서 '기억의 봉인을 풀어줘'라는 말을 듣고 싶은 사심 말이야."

아름다운 눈동자가 휘둥그레졌다. 마치 별 같았다.

"화를 내는 게 아니야. 그냥 궁금해서 그래. 왜 그런 마음이 든 거지?"

새벽 3시 30분. 쓰키시로는 말이 없었다. 3시 31분. 쓰키시로는 결심한 듯 입을 열었다.

"글쎄, 나도 잘 모르겠어. 아마 거절하지 않았으면 좋겠다는 마음이 있었던 것 같아. 처음 이 열쇠 꾸러미를 접했을 때, 아주 강렬한 느낌이 들었어. 꼭 하고 싶은 말이 있다고 외치는 소리가 들렸어. 나는 마법을 싫어하지만 마법 도구를 싫어하지는 않아. 사람의 마음이 만들어낸 이 아이들은 늘 외치고 있어. 악몽을 꿀 때마다 나타나 뭔가를 전하려고 했던 이 아이의 마음을 들어주고 싶었어. 그리고 또 한 가지."

쓰키시로는 잠시 말을 멈추는가 싶더니 곧 다시 입을 열었다.

"네 방에 갔을 때의 일 때문이야."

"그때 뭐?"

"실언한 건 나인데도 네가 사과해줬잖아."

"아, 내게도 잘못이 있었으니까."

"식당에서도 날 도와주려고 했고."

"현장에 같이 있었으니까."

"잘 안 됐지만."

"그 말은 굳이 안 해도 될 것 같은데."

"전혀 안 됐다고 해야 하나."

"반복할 건 없잖아."

"그 일들을 떠올리면서 생각했어. 뭐랄까, 가끔 생각해. 가끔은 착한 사람에게 힘이 되어주는 것도 좋지 않을까. 그런 생각."

"……"

방금 내가 들은 말이 쓰키시로의 입에서 나온 게 맞나. 믿기지 않았다. UFO의 존재가 사실이구나 싶을 만큼 놀랐다. 커다란 눈을 위로 뜬 쓰키시로의 얼굴은 빨개져 있었다. 약간의 홍조 정도가 아니었다. 무심한 표정은 변함없었지만 얼굴만은 한밤중에도 알아볼 수 있을 만큼 붉어져 있었다. 그걸 보고 알아차렸다.

믿기지 않지만, 쓰키시로는 그저 붙임성이 없을 뿐 사실은 친구를 원했던 게 아닐까. 처음 가게를 방문했을 때부터 퉁명스럽게 말하고, 나를 놀리고, 자신을 미인이라고 과시했지만 지금 생각하면 그것들은 쓰키시로 나름의 유머였는지도 모른다. 재미는커녕 화만 북돋웠지만 개그라고 몇 번인가 말했던 것도 같다.

얼굴이 빨개진 쓰키시로가 문득 귀엽다고 느껴졌다. 동시에 어깨에 힘이 풀렸다. 두려움 따위는 사라졌다.

"쓰키시로."

새벽 3시 32분. 내가 입을 열었다.

"너 그거구나, 엄청 서툰 사람."

"무슨 소리야?"

"가슴은 큰데 마음은 소심한 사람이라고 해야 하나."

"서, 성희롱으로 신고한다."

"그전에 말해줘. 대체 어떤 기억이 봉인된 건지."

"괜찮겠어?"

"응, 널 믿어보기로 했어."

"그래? 알았어."

별들이 깜빡거리고 우주가 우리에게 신호를 보내고 있었다. 밤의 검은 빛이 눈부시게 빛났다. 순간, 그녀는 안도의 숨을 내쉬는 듯했다.

"그럼 시작할게."

마음을 녹이는 한밤중. 쓰키시로가 왼손을 열쇠 꾸러미로 뻗었다. 그리고…….

"앗."

눈앞이 새하얘졌다. 무의 공간. 소리 없는 세계. 그곳에서 덜 컹하는 묵직한 소리가 울렸다. 기억의 문이 열렸다. 새벽 3시 33분. 봉인된 진실이 풀렸다.

기억의 물결이 소용돌이쳤다. 본 적은 없지만 주마등이란 게 이런 게 아닐까 싶었다. 잃었던 기억이 머릿속에서, 마음속에서 되살아났다.

"하루, 언젠가 꼭 만날 거야."

아, 맞아. 생각났어. 나는 그날……. 기억이 만들어낸 소용돌이의 출구에서 나는 가장 사랑하는 사람을 만났다.

"하루, 잘 다녀왔어?"

"엄마, 학교 다녀왔습니다."

그건 어느 날인가의 기억이었다. 엄마가 살아 있고, 왼손에 이상한 저주도 나타나지 않았던 때였다. 초등학교에서 돌아온 나는 신발을 벗고 엄마의 방으로 들어갔다. 침대에 누워 있던 엄마는 상냥하게 미소를 짓고 있었다. 나도 밝은 얼굴이었다.

옆에 있던 좁은 의자 위에는 알약이 무더기로 놓여 있었다.

엄마는 몸이 약했다. 선천성 질환으로 입원과 퇴원을 반복하다 보니 집에 있을 때도 거의 침대에 누워만 있었다. 함께 외출한 기억은 손에 꼽을 정도였다. 그래도 엄마는 마음이 건강한 사람이었다.

"하루, 미안해. 엄마가 오늘은 컨디션이 안 좋네."

"그렇구나."

"응, 하지만 하루가 푸딩을 가져다주면 나을 것 같아."

"푸딩? 알았어!"

"그리고 빨래도 걷어주면 엄마가 건강해질 거야."

"빨래? 알았어."

"그리고 저녁 식사 준비도 해주고 보고 싶었던 드라마도 녹화해주고……."

"……엄마."

"어쨌든 많이! 하루가 많이 도와주면 엄마도 빨리 나을 거야."

"이미 나은 것 같은데."

"아냐. 엄마는 지금 전투력 53만이야. 최종 단계까지 가려면 한참 멀었어."

장난기 많은 엄마가 웃는 것만으로도 행복했다. 엄마는 멋진 사람이었다.

다른 날의 장면이 떠올랐다.

"하루, 또 싸웠어?"

"그럴 만했어."

학교에서 엄청나게 싸우고 돌아온 날이었다. 초등학생 시절 나는 자주 말썽을 피웠다. 같은 반 나쁜 친구들과 자주 갈등이 생겼다. 그날은 착하고 약한 아이를 괴롭히는 친구들과 시비가 붙었다. 나는 불의를 보면 꼭 걸고 넘어지는 성격 탓에 친구가 별로 없었다. 담임 선생님과 아빠는 그런 나를 보고 주변과 좀 더 어울릴 줄 알아야 한다고 말했다. 하지만 엄마는 달랐다.

"난 친구를 괴롭히거나 규칙을 어기는 녀석들이 정말 싫어. 그런 녀석들 때문에 얼마나 많은 아이가 괴로워하는데. 그런 녀석들과 사이좋게 지낼 바엔 차라리 혼자가 나아."

내가 이런 생각을 하게 된 것은 엄마가 있었던 병원에서 본 사람들 때문이었다. 별일도 아닌데 몸이 찌뿌둥하다는 이유로 구급차를 부르고, 병원 대기실에서 언제까지 기다리게 할 생각 이냐며 고함을 지르는 사람들. 노인을 밀치고 거드름을 피우며 의자에 앉아 있던 중년 남자. 그런 사람들과 몇 번 마주친 뒤로

는 이기적이고 다른 사람을 불편하게 하는 사람들을 싫어하게
됐다. 엄마는 아픈 와중에도 대기실에서 무서워하는 아이가 있
으면 웃는 얼굴로 다가갔다. 그런 엄마를 보며 나는 비록 고독
해질지라도 약자의 편에 서야겠다고 결심했다. 이런 나를 이해
해준 유일한 사람은 엄마였다.

"괜찮아. 하루가 하고 싶은 대로 하면 돼."

"정말 괜찮을까? 선생님은 친구들이랑 사이좋게 지내야 한
다고……."

"괜찮아. 왜냐하면 하루가 그렇게 생각하는 건 하루가 착하기
때문이야. 하루가 생각하는 정의는 약한 사람을 지키는 거잖아.
분명 착한 하루에게 도움받는 사람이 있을 테니까 하고 싶은 대
로 해."

다른 사람에게 인정받지 않아도 엄마가 그렇게 말해주는 것
만으로도 괜찮았다. 혼자여도 전혀 외롭지 않았다.

엄마가 좋았다. 정말이지 엄마가 좋았다. 몸이 약한 엄마였
지만 그래도 계속 내 곁에 있어줄 거라고 믿었다. 그날까지만
해도.

"도노. 방금 병원에서 연락이 왔다."

"네?"

초등학교 4학년 때였다. 그날 엄마는 등교하는 날 배웅해주려고 창문 밖으로 몸을 내밀어 손을 흔들어주었다. 엄마는 아마도 등교하는 나를 응원해주고 싶었던 것 같다. 엄살 부리고 싶은 마음에 나는 손을 흔드는 엄마를 못 본 체하고 학교로 향했다. 그날 오후, 담임 선생님이 나를 불러 믿기지 않는 소식을 전했다.

병원에 도착하자마자 엄마의 손을 잡았다. 마지막 순간이었다. 눈물도 나오지 않았다. 마지막 순간은 예고 없이 찾아온다는 사실을 그때 알았다.

장례식장에서 눈물짓는 아버지에게 갑작스러운 일이었다고 전해 들었다. 이렇게 갑자기 증상이 악화될 줄은 꿈에도 몰랐다고. 하지만 결혼할 때부터 마음의 준비는 하고 있었다고. 아버지는 마음의 준비가 된 사람치고는 눈물을 너무 많이 흘리며 말했다. 나는 아버지에게 아무 말도 하지 못했다. 그리고 더욱 충격적인 말을 들었다.

어른들끼리 하는 이야기를 엿들었다. 그 이야기를 한 사람은 외할아버지였던 것 같다. 엄마는 이따금 투병 생활이 괴롭다며 울었다고 했다. 내 삶이 왜 이렇게 힘드냐며 한탄하는 날도 있었다고. 그러니 이제는 편안해졌을 거라고 말하며 외할아버지는 울고 있었다. 나는 눈앞이 캄캄해지는 것 같았다. 엄마가 그런 생각을 했을 줄 몰랐다. 나는 그날, 알아서는 안 되는 진실을 알게 됐다.

그리고 문득 불안해졌다. 나는 엄마에게 무슨 짓을 한 걸까. 학교에서는 매일 싸우고 오고, 집에 와서는 늘 어리광을 부렸다. 나는 착한 아들이 아니었다. 혹시 엄마의 웃는 얼굴 뒤에는 외로움이 있지 않았을까. 불안과 두려움이 몰려왔다. 나는 무너져버렸다.

컨디션이 안 좋아서 오늘은 이야기를 나눌 수 없다고 말한 날, 그날 엄마는 내가 귀찮아서 피한 건 아닐까. 몸이 안 좋아서 오늘은 식사를 같이할 수 없다고 말한 그날, 사실은 내 얼굴을 보고 싶지 않았던 건 아닐까. 괴로운 마음이 작은 기억조차 나쁜 쪽으로 기울게 했다.

엄마의 마지막 기억은 손을 흔들어주던 모습이다. 나는 엄마를 무시했다. 같이 손을 흔들기가 창피해서 못 본 척하고 등을 돌려 걸었다. 그때 왜……. 마음이 가라앉았고 어둠으로 뒤덮였다. 사람의 마음이란 얼마나 부서지기 쉬운지.

혹시 그 일이 계기가 된 건 아닐까. 내가 손 흔드는 모습을 못 본 척해서 엄마의 상태가 더 나빠진 것은 아닐까. 죽어가는 순간 나를 원망하지는 않았을까. 어린 마음은 어렸던 나를 꾸짖고 또 꾸짖었다.

장례식이 끝난 뒤 어느 날, 문득 무언가에 손이 닿았다. 그렇다. 그때부터였다. 우연히 손에 닿은 무언가가 느닷없이 열쇠 꾸러미로 모습이 바뀌었다. 내 속에 있던 강렬한 생각이 마법 도구를 만들어낸 순간이었다. 그때를 기점으로 나는······.

"하루, 엄마 유품을 정리할 건데····· 하루?"

"아빠."

아버지의 넋 나간 듯한 표정이 떠올랐다.

"엄마는 어떤 사람이었을까요?"

하얀 어둠에 덧칠된 꿈은 여기서 끝났다.

"하······."

얼마나 시간이 흘렀을까. 기억에서 돌아온 나는 크게 숨을 내쉬었다. 주위를 둘러봤다. 밤이 나를 내려다보고 있었다. 우리는 우주를 통째로 가둔 듯한 방 안에 서 있었다. 쓰키시로가 쓸쓸한 표정을 짓고 있었다. 아마 그녀도 나와 같이 기억을 되짚어 온 것 같았다.

"수수께끼가 풀렸네."

"응."

쓰키시로가 내민 열쇠 꾸러미를 받아들며 나는 중얼거렸다.

"이 열쇠 꾸러미는 내 마음이 만들어낸 마법 도구인가 봐."

쓰키시로가 고개를 끄덕였다.

마음속에 강렬한 생각이 깃들면 마법이 생긴다. 그리고 그 사람이 무언가를 만지면 마법 도구가 된다. 그토록 정체를 알고 싶었던 열쇠 꾸러미는 사실 아무것도 아니었다. 그저 마음속 슬픔을 잠가두기 위해 나 스스로 만들어낸 마법 도구였다. 예상치 못한 사실에 멍하니 서 있었다. 할 말을 잃은 나를 보며 쓰키시로가 입을 열었다. 그 목소리는 쓸쓸한 어둠과 잘 어울렸다.

"마법이란 마음이 무의식적으로 만들어내는 거야. 마법 도구 역시 생각지 못한 사이에 생겨나지. 도노는 무의식적으로 이걸 만들어냄으로써 네 마음을 지키고 있었나 봐. 어머니를 잃고 자책하던 마음이 기억에 열쇠를 잠그는 방식으로."

"그랬나 보네."

목소리가 겨우 새어 나왔다. 그만큼 나는 초췌해져 있었다. 엄마와의 기억을 되찾은 건 다행이었다. 망각한 채로 사는 것보다는 당연히 낫다. 하지만 아무렇지 않게 생각할 수 있지는 않았다.

'이래도 괜찮을까?'

어떻게 받아들여야 할지 막막했다. 되찾은 기억은 근사한 것과는 거리가 멀었다. 그토록 자상했던 엄마에게 아무것도 해주지 못했다는 사실이 나를 괴롭혔다.

손을 흔들어준 엄마의 마지막 모습을 모른 척했다. 후회가 밀려왔다. 나는 왜 그랬을까. 내가 모르는 곳에서 엄마가 울었을 거란 생각에 마음이 아파왔다. 이런 것들을 알게 된 게 정말 잘된 일일까. 어쩌면 모르는 편이 낫지 않았을까.

어둡고 깊고 무한한 우주가 웅성거리는 신비로운 밤. 쓰키시로가 깜빡이는 별처럼 속삭였다.

"도노, 이건 내 추측이지만, 이 마법 도구는 너에게 진실을 전하고 싶었던 것 같아."

"진실?"

쓰키시로는 평소와 다름없이 차가운 표정이었지만 어딘지 모르게 부드러운 목소리로 입을 열었다. 그녀의 목소리가 어두운 방 안을 밝히는 듯했다.

"되찾은 기억을 더듬어보니 이 열쇠 꾸러미는 도노의 마음이 만들어낸 것이 분명해. 하지만 그렇다고 이 열쇠 꾸러미에 깃든 것이 네 마음뿐인가 묻는다면, 그건 다른 이야기지."

"무슨 말이야?"

의아해하는 나를 보며 쓰키시로가 말을 이었다.

"마법 도구에도 의지가 있어. 마법 도구만이 아니라 세상에 존재하는 모든 것에는 희미하게나마 마음이 깃들어 있지. 그것이 마법 도구가 됨으로써 자아를 형성하고, 도구 나름대로 의지를 갖게 되는 거야. 몇 번이나 악몽을 꿀 때마다 머리맡에 나타났던 것은 이 도구가 너에게 전하고 싶은 마음이 있었기 때문일 거야. 너에게 어떻게든 알리고 싶은 생각이 있었던 것 같아."

"생각……."

"손 흔드는 엄마에게 화답하지 않아서 엄마가 실망하지 않았을까 하는 불안과 두려움이 어린 너를 괴롭혔던 것 같아. 그 마음에 대해 이 마법 도구는 소리치고 있었던 거야. 아니라고. 그렇지 않다고."

침묵하는 나를 보며 쓰키시로는 말을 이었다.

"이 마법 도구는 네 마음에서 비롯돼 열쇠 꾸러미의 모습을 띠게 됐지만 원래는 다른 형태였을 거야. 그전에 이미 이 열쇠 꾸러미는 너를, 그리고 너희 엄마를 잘 알고 있었을 거고. 손이 닿는다는 것은 마음을 가까이하는 것이기도 해. 이 도구는 악몽을 보여줘서라도 너에게 진실을 전하고 싶었던 것 같아. 엄마는 결코 너를 미워하지 않았다고."

말을 끝낸 쓰키시로는 내가 쥐고 있던 열쇠 꾸러미를 스치듯
만졌다.

다음 순간.

"아."

마지막 기억의 열쇠가 풀렸다. 열쇠 꾸러미는 원래의 모습으
로 돌아갔다. 내 기억 속에 있던 그리운 모습으로.

"이 그림책 알지? 엄마가 자주 말했던 그림책이잖아. 엄마는
너를 항상 사랑했어. 그러니 네가 엄마의 사랑을 의심한다는 걸
누구보다 안타까워했겠지. 되찾은 기억이 쓰라릴지 몰라도 엄
마의 사랑은 깊고 아름다웠다는 걸 기억해주길 바랐을 거야."

손에 쥔 물건은 더는 열쇠 꾸러미가 아니었다. 어린 시절 엄
마가 읽어주던 그림책 《마녀의 빵집》이었다. 맞아. 엄마가 자주
이 그림책을 읽어줬다. 잊고 있던 기억이 떠올랐다. 여름 축제
에 다녀오던 길, 엄마와 함께 밤거리를 걸었다.

"하루, 너도 언젠가 꼭 만날 거야."

"누구를?"

"하루의 마음을 이해해주는 사람. 하루가 지켜야 하는 사람."

"그런 사람이 있을까?"

"그럼. 분명히 있지."

"하루의 자상함이 필요한 사람이 분명 있을 거야."

"음, 있으면 좋겠어."

"그런데 하루, 누군가를 도와주려면 그저 곁에 있기만 해서는 안 돼. 하루도 마음을 열고 용기를 내야 해."

"무슨 말이야?"

"그림책 속의 남자아이처럼 먼저 마음을 여는 거야. 그러면 틀림없이 그림책에 나오는 여자아이처럼 마음으로 응답해줄 거야. 누군가를 도와준다는 것의 진정한 의미는 그런 거야."

"진정한 의미……."

"도와주고 도움을 받고 그래야 행복의 원이 넓어지는 거야. 손을 내민다는 건 마음을 내미는 거야. 잘 기억해."

"내가 할 수 있을까? 자신이 없어."

"괜찮아. 엄마가 지켜봐줄게. 무슨 일이 있어도 엄마가 꼭 지켜봐줄 거야. 엄마가 별님이 되어서 꼭."

"엄마……."

기억한다. 그림책에 담겨 있던 또렷한 사랑을.

기억한다. 그림책에 잠들어 있던 선명한 온기를.

엄마가 읽어줬던 그림책을 들고 있으니 마음이 따뜻해졌다. 자기 전 함께 읽었던 기억이 되살아났다.

아, 난 바보인가 보다. 왜 의심했을까. 엄마는 아무리 괴롭고 슬퍼도 힘든 모습을 보이지 않으려고 노력할 정도로 나를 사랑했는데. 그런데도 나는……. 다시 돌아오지 않을 날들에 미련이 남았다.

"괜찮아."

구름에 가려진 반달을 배경으로 쓰키시로가 속삭였다.

"울어도 괜찮아. 내가 자리를 비켜줄게."

"바보 같은 소리 하지 마. 내가 왜 울어? 이래 봬도 남자야."

"그래?"

"응, 그러니까 거기 그냥 있으면 돼. 평소처럼 새초롬한 얼굴로 거기에 있으면 돼. 내가 다른 사람 앞에서 우는 일 따위는 없으니까."

"응, 알았어. 아무 데도 안 갈게."

"그러면 돼. 그러면……."

보이지 않게 된 달을 대신해 쓰키시로가 내 곁에서 마음을 비췄다. 희미하고 푸르스름한, 어딘지 편안해지는 그런 빛으로.

"아, 젠장……. 왜……."

우주가 속삭이고 별이 미소 짓는 신비로운 밤은 마음을 투명히 비추며 가만히 흘렀다. 얼마나 지났을까. 정신을 차려보니 동이 트는 중이었다. 나는 일단 집으로 돌아가기로 했다.

쓰키시로가 말없이 배웅해줬다. 쓰키시로의 배려를 느끼며 가게를 나와 집으로 돌아왔다. 누웠다. 이미 아침이었다. 그 사실을 인식하자마자 맑았던 머릿속에 갑자기 졸음이 쏟아졌다.

잠이 들었다가 눈을 뜬 건 초저녁이었다. 어느 때보다 상쾌한 기상이었다. 누운 채로 생각했다. 딱히 어떤 대상을 떠올린 것은 아니다. 그저 이것저것 떠오르는 대로 멍하니 생각에 잠겼다.

마법과 열쇠 꾸러미. 그리고 엄마. 너무 많은 일이 벌어졌다. 왼손을 지그시 바라보았다. 저주를 생각했다. 선뜻 받아들이기에는 갑작스러운 일들이었지만 이상하게 마음이 차분해졌다. 눈물을 흘리면 스트레스가 풀린다던데 정말 그런가 보다. 별들이 지켜보는 가운데 눈물을 흘린 덕분인지 과거의 기억을 받아들이는 게 어렵지 않았다.

동시에 나를 지켜봐준 한 사람을 생각했다. 퉁명스럽고 제멋대로에 이상하다고밖에 말할 수 없지만, 어둠 속에서 나를 이끌어준 등불 같은 사람을. 작고 희미한 별 같은 사람을.

"이제 가볼까?"

얼마 동안 멍하니 시간을 보내다 냉장고 안에 있는 것들로 대충 끼니를 때웠다. 정신을 차려 보니 밤 9시였다. 평소였다면 여자가 사는 집을 방문하기에는 부적절한 시간이라고 생각했을 테지만, 지금만큼은 가장 적절한 순간이라고 생각했다. 나는 다시 자전거 페달을 밟아 밤거리를 달렸다.

골동품 가게는 오늘 밤도 여전히 잠들어 있는 듯했다. 어딘가 깨어 있는 듯도 보였다. 신비한 분위기를 느끼며 문을 열었다. 가게 주인은 계산대에 앉아 책을 읽는 중이었다. 눈앞의 램프만 어른거리는 따뜻한 어둠 속에서 나는 말없이 계산대 앞 의자에 앉았다.

"마셔."

눈앞에 감도는 따뜻한 기운이 우리의 의식을 이어주는 듯했다. 쓰키시로가 내민 것은 홍차였다.

"고마워."

사양하지 않고 찻잔을 받아 들었다. 혀끝에 닿는 뜨거운 홍차가 말라 있던 무언가를 촉촉하게 적셔주었다. 작게 내쉰 숨이 나를 차분하게 만들었다.

"쓰키시로, 그 뒤로 여러 가지 생각해봤는데……."

정신을 차려보니 나도 모르게 쓰키시로에게 말하고 있었다.

"너는 왜 마법을 싫어해?"

"……."

쓰키시로는 말이 없었다. 나는 가만히 대답을 기다렸다.

쓰키시로는 마법이 싫다고 했다. 하지만 지금의 나는 동의할 수 없다. 마법은 근사하다. 진심으로 그렇게 생각한다. 엄마와의 추억이 담긴 그림책은 열쇠 꾸러미가 되어 무너질 듯했던 내 마음을 지켜주었다. 마법은 진실을 전하려고 끊임없이 나를 불러냈다. 내게 마법은 고마운 존재인데 쓰키시로는 왜…….

침묵이 이어졌다. 나는 기다렸다. 홍차의 김이 조용히 흩어졌다. 쓰키시로가 결심한 듯 입을 열었다.

"딱히 이유는 없어."

아무 일 아니라는 말투였다.

"어제 보여준 마법을 정확하게 말하자면 '왼손으로 만지면 대상의 마음이 보이는 힘'이라는 거야. 상대방의 마음을 볼 수 있게 되는 거지. 마법 도구의 사용 원리는, 마법 도구가 원래 마음에서 생겨났다는 걸 뒤집은 것뿐이야. 언제부터 그랬는지, 왜 그런지는 알 수 없지만 간절한 마음이 생기면 그 힘을 쓸 수 있게 돼. 그리고…….”

쓰키시로가 차가운 목소리로 말을 이었다.

“이 마법 때문에 나는 저주받은 아이라고 불리게 됐어.”

그 음울한 울림에 온몸이 싸늘해지는 듯했다. 나는 처음으로 그녀의 고통을 알게 됐다.

“나에겐 부모님이 없어. 내가 어렸을 적에 증발했다는 이야기를 들었는데 별로 궁금하지도 않았어. 중요한 건, 친척집이나 시설을 전전하는 동안 줄곧 불행을 몰고 다니는 아이로 불렸다는 거야. 그럴 만도 했지. 마음속을 꿰뚫어보는 힘은 많은 문제를 일으켰으니까. 숙모가 남몰래 갖고 있던 고민을 아는 척하자 숙모는 나를 무서워했어. 친구의 고민을 저절로 알게 되어 입 밖에 꺼냈을 때 친구는 나를 의심하는 눈으로 바라봤지. 모르는 척했더라면 좋았을 텐데. 그때 나는 폭로해서는 안 되는 거짓말이 있다는 사실을 몰랐어. 그래서 참견할 때마다 문제가 생겼지. 그 자리에 있던 모든 사람이 불행해졌어. 그러니 외로워진 게 당연하지.”

자괴감으로 가득한 그녀의 말 속에는 외로움이 짙게 배어 있었다. 선의가 늘 환영받는 것은 아니다.

“아마 그때부터였을 거야. 나는 다른 사람과 가까워지는 걸

피하게 됐어. 무심코 손이 닿았다가 다른 사람의 추악한 본성을 알게 되는 것도 싫었어. 피가 섞인 건 아니지만, 열 살 때 내가 가진 마법의 힘을 알고도 나를 받아준 할머니는 안타까웠는지 이 가게에서 심부름을 하라고 제안했어. 마법과 관련된 일을 하면서 마법을 잘 다스리는 방법을 찾아보라고 했지. 하지만 효과가 없었어. 5~6년쯤 같이 살았지만, 나는 끝내 마법을 좋아할 수 없었고, 할머니가 돌아가셨을 때는 고통만 남았어. 가게를 운영한 지 꽤 됐지만 난 아직도 내 마법을 좋아하지 않아. 사건을 해결하는 데는 도움이 되지만, 조사하다 보면 알고 싶지 않은 과거를 알게 되는 일이 많아서 늘 꺼림칙해. 늘 그랬어."

"……."

차분하게 말하는 쓰키시로 앞에서 나는 아무 말도 하지 못했다. 그녀가 사람들에게 미움받는 이유를 모르지 않았기 때문이다. 불과 어제, 나 또한 이런 기억이라면 차라리 모르는 게 낫겠다고 생각했다. 나는 운 좋게 마법의 열쇠를 풀었지만, 누군가는 여전히 마법으로 인해 고통받고 있을 것이다. 그녀가 마법을 싫어하는 것도 당연했다. 하지만 이해하기 어려운 부분도 없지 않았다.

"그렇구나. 그래서 마법이 발동하지 않게 하려고 늘 장갑을 끼고, 사람들과 멀어지고 싶어서 일부러 퉁명스럽게 행동했던 거구나."

"응, 애초에 혼자인 게 마음이 편하니까."

"하지만 여전히 미련이 있는 것처럼 들리는데. 정말로 혼자 있고 싶은 게 맞아?"

"그건……."

"사심을 내세워서라도 나를 도우려 한 게 너의 본성 같은데."

"……"

긴 침묵이 흘렀다. 밤의 숨결이 겹쳐졌다. 어둠 속에서 내 맥박 소리가 커다랗게 울렸다. 쓰키시로는 체념했다는 듯 어깨를 움츠리며 말했다.

"글쎄. 네 말대로 마음속으로는 고독을 받아들이지 못하는 게 맞을 수도 있지. 실은 고독을 인정하고 싶지만 마법 때문에 잘 안 돼. 원래 말주변이 없고 낯을 가리는 성격이어서 문득 다른 사람에게 힘이 되고 싶다는 생각이 들어도 소통이 잘되지 않아 실패했어. 그럴 때마다 난 원래 고독한 걸 좋아한다고 허세를 부리다가 밤이 되면 후회했지. 그런 나날을 보내왔어."

"흠, 말주변이 없는 것 같지는 않은데. 왕비 어쩌고 하는 개그는 넣어둬. 그것은 한물간 유머로밖에 안 들리니까."

"나름 신경 쓴 개그거든."

토라진 쓰키시로의 얼굴 위로 붉은 빛이 떠오르는 걸 어둠 속에서도 알 수 있었다. 의외로 감성적인 면도 있나 보다. 이제 그녀에 대한 거부감은 완전히 사라졌다. 그래서였을까.

"어쨌든 내가 마법을 좋아하지 않는 이유는 그거야. 지금은 아니지만 언젠 고독을 받아들이는 날이 오겠지. 그러니 너도 이제 여기 오지 마. 내가 싫어질 테니까."

"왜 단정해? 그건 모르는 거야."

"난 알아. 지금까지 늘 그래왔으니까."

'이런. 일을 복잡하게 만드네.'

쓰키시로의 완고한 태도에 나는 오히려 여유로워졌다. 다른 사람의 속마음을 읽는 마법이라니. 그 성격에 어지간히 힘들었겠다 싶었다. 외로웠을 법하다. 하지만 나는 그녀를 싫어할 수 없었다. 아무리 붙임성 없고 괴팍하더라도 그녀는 나를 도와줬으니까. 나는 그녀를 조금 알 것 같았다.

"쓰키시로."

자연스럽게 말을 이었다.

"네가 하고 싶은 말은 대충 알겠어. 그래도 난 네가 싫어질 것 같지 않아."

"싫어하게 될 거야. 네 마음을 계속 들여다보면 결국 날 싫어하게 될 거야."

"그렇게 되지 않는다니까. 내가 네 마법을 지겨워하는 일은 절대 없어."

"처음에야 그렇게 생각하겠지. 어떻게 절대라고 단언할 수 있어?"

"알려줄게. 이게 답이야."

"뭐?"

나는 쓰키시로에게 다가가 그녀의 오른손에 내 왼손을 포갰다. 내 마음이 전해졌을 것이다. 아니나 다를까 쓰키시로는 지금까지 본 적 없는 경악스러운 표정을 지었다. 내가 말을 이었다.

"놀랐지? 내 왼손에는 상대방에게 내 생각을 그대로 전달하는 힘이 있어. 그러니까 네가 마법을 쓰든 안 쓰든 너는 나와 닿는 순간 내 속마음을 알 수 있지."

"아니……."

그토록 차가웠던 쓰키시로는 적잖이 당황한 모습이었다. 평소에는 무심하던 눈동자가 믿기 어려울 만큼 커졌다. 나는 차근차근 설명을 이어갔다. 너와 마찬가지로 내 왼손에는 확실히 그런 힘이 있고 그것 때문에 지금까지 힘들었다는 것. 줄곧 혼자 지내왔다는 것. 이런 힘이 언제부터 생겼는지 왜 생겼는지도 잘 모르겠다는 것.

"하지만 마법의 존재를 알고 기억도 되찾은 지금은 알 것 같아. 이 힘은 아마 엄마가 내게 주신 마법인 것 같아."

"어떻게 그렇게 되지?"

여전히 놀란 표정인 쓰키시로에게 추측을 전제로 설명을 시작했다. 언제 마법을 얻게 됐는지는 알 도리가 없다. 병원에서 엄마가 임종을 맞이하던 순간, 엄마와 손을 잡았을 때가 아닐까 싶기는 하지만 사실인지는 알 수 없다. 하지만 엄마가 돌아가실 즈음인 것은 틀림없다. 되찾은 기억 속에서 어린 내가 왼손 때문에 고민한 적은 없었으니까.

"무엇보다 이 마법은 어머니의 가르침과 일치하는 면이 많아."

"가르침?"

중얼거리며 되묻는 쓰키시로에게 고개를 끄덕여 보였다.

엄마는 늘 말했다. 다른 사람을 도우려면 기대기만 하면 안 된다고. 스스로 마음을 여는 용기가 필요하다고. 그래야 마음이 연결된다고. 이제 알 것 같다. 이 마법은 바로 엄마의 가르침을 구현한 것이다. 왼손 때문에 괴로웠던 것은 사실이지만, 지금 생각해보면 나는 원래 싸움이 잦고 친구가 많지 않은 성격이었다. 더는 그러면 안 된다는 뜻에서 어머니가 내게 준 마법이 아닐까.

깨달은 것이 또 하나 있었다.

"마법 도구에는 의지가 있다고 했지? 나는 열쇠 꾸러미가 하필 지금 나타난 것에도 의미가 있다고 생각해. 구체적으로 말하면, 기억을 되찾게 해주고 마법에 대해 가르쳐준 쓰키시로라는 사람을 만나게 해주기 위해서가 아니었을까."

"……."

나는 이 저주 때문에 줄곧 고민하고 있었다. 그 고민이 어제를 기점으로 하룻밤 사이에 거짓말처럼 사라졌다. 모든 고민이 말끔히 해소된 것은 아니지만 그래도 더는 옛일을 떠올리며 괴로워하지 않게 됐다. 오히려 지금은 더 알고 싶어졌다. 어머니가 준 그 마법에 대해서. 그리고 이 모든 일을 이끌어준 쓰키시로에 대해서도.

그래서 나는.

"그러니 일단은 네 곁에 있게 해달라고 말하러 왔어."

"뭐?"

느닷없는 고백이었다. 나도 말하고 놀랐다. 쓰키시로 역시 놀랐는지 격앙된 목소리로 되물었다. 나는 아무렇지 않은 듯 말을 이었다.

"쓰키시로, 나는 너와 가까워지고 싶어. 그리고 너에 대해 좀 더 알고 싶어. 오늘은 이 말을 하러 왔어."

"뭐, 뭐야? 갑자기."

얼굴이 뜨거웠지만 그래도 말을 멈추지 않았다. 마법에 대해 알고 싶다는 말, 내 마법이 무엇 때문에 존재하는지 좀 더 자세히 알고 싶다는 말. 그것들을 다른 누구도 아닌 쓰키시로 너에게 배우고 싶다는 말. 그런 마음을 전했다. 왜 하필 쓰키시로인지 이유는 나도 모르겠다.

쓰키시로가 무뚝뚝하고 이기적이고 신경 쓰이는 사람이라는 생각은 변하지 않았다. 하지만 어젯밤 나는 쓰키시로가 눈부시게 빛나는 것을 보았다. 그때 쓰키시로에 대해 더 알고 싶다는 생각이 들었다. 게다가 그녀가 마법을 싫어하는 이유를 알아버린 이상, 이대로 관계를 끝낼 수는 없었다. 욕심을 조금 더 부리자면, 쓰키시로의 마음은 어떤지도 묻고 싶었다.

나는 이 만남을 끝내고 싶지 않았다. 어제까지와는 조금 다른 관계가 되고 싶었다. 다행히 왼손 덕분에 내가 그녀의 마법을 싫어하는 일은 생기지 않을 것이다.

"……."

"……."

상당히 부끄러운 말을 하고 있다는 건 알고 있었다. 보통은 너를 더 알고 싶다는 말 따위는 하지 않는다. 정신을 차려보니 쓰키시로의 얼굴이 빨개져 있었다. 누구도 먼저 입을 열지 않았다. 침묵이 흘렀다. 잠시 후, 안절부절못하는 태도로 쓰키시로가 입을 열었다.

"그게…… 그러니까 나랑 어떤 사이가 되고 싶다는 거야?"

그녀가 마지못해 중얼거렸다. 그 질문만큼은 나오지 않기를 바랐다. 그걸 설명하려면 엄청난 용기가 필요하기 때문이다. 하지만 질문을 받은 이상 어쩔 수 없다. 어떻게든 대답을 하기로 했다.

"뭐, 그……."

"그?"

"뭐냐, 그…… 그거."

"그거?"

"아니, 그게 아니고. 나는……."

"나는?"

"뭐랄까. 어, 그게…… 뭐였더라?"

"나랑 어떤 사이가 되고 싶냐고?"

"질문이 뭔지는 알아, 그게…… 그러니까 두 글자로 된 그거…….'

"…….'

"치, 친…… 그러니까 친…….'

휴우. 어둠 속에 커다란 한숨 소리가 울렸다. 어둠 속에서도 지그시 바라보는 쓰키시로의 눈빛이 느껴졌다. 차갑기만 했던 쓰키시로는 이제 온데간데없었다.

"도노."

"왜?"

"너 겁 많구나."

"뭐, 뭐야……."

"겁쟁이."

"아니…….'

"생긴 대로 끈기도 없고."

"뭐야?"

"지금은 여자 친구도 없고,"

"그게 어때서? 왜?"

"모태 솔로였고."

"그건 못 들은 걸로 해!"

"만나자마자 늘 뒤에서 지켜보고 있었다는 말이나 하는 남자."

"그것도 못 들은 걸로 해!"

"동정."

"도, 동정이 뭐가 어때서? 오히려 건전하지."

"포경."

"야, 그만해! 무슨 여자애가 그런 말을 막 하냐!"

"땅콩."

"너 취했지? 취한 거지?"

"내 가슴을 훑끔거렸던 거 내가 모를 줄 알았지?"

"취했구나. 취했어. 알았어. 일단은 여기까지만 하자."

난처하다. 이대로 가다가는 이번에야말로 정말 경찰을 부르겠다 싶어 나는 억지로 대화를 마쳤다. 온몸의 피가 얼굴로 쏠리는 듯했다. 쓰키시로의 얼굴 역시 나 못지않게 빨간 상태였다. 그녀 나름대로 열심히 분위기 전환을 시도한 것인지도 모른다.

그렇게 두서없는 대화를 나누다 흐지부지하게 끝났다. 머리를 식히기 위해 밖으로 나와 심호흡을 했다. 한참 지나자 겨우 마음을 가라앉힐 수 있었다.

"이거 쓸 수는 있는 거야? 앞치마가 너무 낡았는데."

"겁쟁이인 너랑 딱 어울려."

"그거랑 무슨 상관이야? 뒤끝 있구나, 너."

가게로 돌아온 나는 쓰키시로에게 한 가지 제안을 했다. 우리의 관계를 발전시킬 수 있는 합리적인 제안이었다. 그 결과, 이 앞치마를 사용하게 됐다.

"그럼 도노 하루키를 오늘부터 아르바이트생으로 채용해주지. 앞으로 열심히 일하도록."

"잘 부탁드립니다, 점장님."

앞치마를 두르며 멋쩍게 인사를 했다. 물론 쓰키시로는 내게 눈길도 주지 않았다. 차갑고 무심한 표정은 여전했지만 아주 조금 다르게 느껴졌다면 내 착각일까. 그게 뭔지 알려고 하지 말자. 나중에 시급 협상이나 제대로 해야지.

"그래서, 나 무슨 일해?"

"오늘은 늦었으니까 내일 와서 바닥 청소부터 해. 아무리 좋아도 핥는 건 안 돼."

"또 그 소리냐? 그런 취미 없다니까."

이곳에 처음 왔을 때와 비슷한 패턴의 대화였다. 하지만 쓰키시로의 차가운 목소리는 전보다 누그러진 것처럼 들렸다. 기분 탓일까.

별이 빛나는 창밖의 하늘을 올려다봤다. 반짝이는 별들이 내게 인사하는 듯했다. 그리고 생각했다. 친구도 애인도 없었던 내게 이렇게 기묘한 인연이 생기다니. 왠지 우스운 느낌이 들어 나도 모르게 작은 소리로 중얼거렸다.

"엄마, 열심히 할게. 쓰키시로와 함께."

"뭐라고 했어?"

"아냐, 아무것도."

"엄마한테 나랑 뭘 열심히 하겠다고 말한 거야?"

"한 가지 가르쳐줄게. 친구를 만들고 싶으면 이럴 때는 못 들은 척하는 게 좋아."

차갑고 무심한 표정으로 유혹하는 건지 생각이 없는 건지 여전히 알 수 없는 쓰키시로에게 나는 얼굴을 붉히며 그렇게 말했다. 그때 쓰키시로가 읽던 책을 보고 조금 놀랐다. 자세히 보니 그림책이었다. 마법을 사용하는 여자아이는 정말이지 신경 쓰인다.

밤하늘 아래 긴 숨을 내쉬며 앞으로의 나날을 생각했다. 마법

도구점에서 벌어질 나와 쓰키시로의 기묘한 이야기는 이렇게
시작됐다.

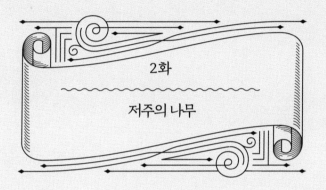

2화

저주의 나무

초등학교 시절, 도덕 시간에 '친구의 이름을 써보세요'라는 프린트물을 받은 적이 있다. '최근에 즐거웠던 일을 적어보세요'나 '다시 가보고 싶은 곳을 적어보세요'와 섞여 있는 그야말로 초등학생을 위한 평범한 지시문이었다. 깊은 의미가 있는 질문은 아니었다.

하지만 이 일로 말수가 적었던 같은 반 친구가 놀림을 당했다. 그 아이는 반 아이들의 이름을 거의 다 썼는데 그걸 본 짓궂은 아이가 "어, 우리가 친구였어?"라고 떠들기 시작했다. 조용한 아이는 얼굴이 빨개져 우물쭈물했고 반 아이들은 함께 웃었다. 지금 생각해보면 참 따뜻한 이야기다. 말수가 적었던 아이 덕분에 모두 웃을 수 있었다.

하지만 나는 이 질문에 많은 생각을 했다. 친구의 이름을 적어보라는 질문은 몹시 잔인할 수도 있기 때문이다. 예를 들어 A는 B를 친구로 생각하지만 B는 A를 친구로 생각하지 않는다면 어떻게 될까? A는 프린트물에 B의 이름을 썼지만 B의 프린트물에는 A의 이름이 없을 것이다. 만약 A가 그렇게 될 것을 예측했다면 어떻게 될까? 자신만 B의 이름을 쓰면 상처를 받을 거라고 생각하고 쓰지 않았을까? 반대로 B만 A의 이름을 써서 B가 상처를 받았을까? A와 B가 서로를 믿고 이름을 적는 것이 가장 좋은 결론이지만, 그건 엄청난 용기가 필요한 일이다. 그렇다면 A에게 최선은 상처받는 일을 피하기 위해 누구의 이름도 쓰지 않는 걸까? 왁자지껄한 반 친구들 사이에서 나는 혼자 그런 생각을 하고 있었다.

대학교 수업은 1학년 때는 비교적 빽빽하지만, 2학년이 되면 공강이 생기기 마련이다. 그날 나는 평소와 다름없이 3교시를 끝으로 수업을 모두 마친 참이었다. 요즘은 수업을 마치면 바로 집으로 돌아가지 않고 다른 일을 한다.

학교를 나와 터벅터벅 걸어서 좁은 골목에 있는 골동품 가게로 향했다. 문을 열고 들어가 오늘도 자리를 지키고 있는 주인에게 인사를 건넸다.

"쓰키시로, 안녕. 고생 많네."

"어서 와, 도노."

무미건조한 목소리에 어쩐지 안심이 됐다. 그녀는 오늘도 철가면을 쓴 듯한 표정으로 계산대 안쪽 의자에 앉아 두꺼운 책을 읽고 있었다.

4월의 어느 날, 나는 골동품 가게 폴라리스에서 아르바이트를 하고 있었다. 하는 일은 더할 나위 없이 평범했다. 바닥을 쓸고, 창문을 닦고, 용도를 알 수 없는 낡은 골동품을 닦는 것뿐. 손님이 올 기미는 보이지 않았다. 아르바이트 시간은 딱히 정해져 있지 않았다. 시간 될 때 가고 적당히 일하다가 집으로 돌아왔다. 그날따라 더욱 한가했다. 이렇게 손님이 없는데 어떻게 운영되는 건지 신기하기만 하다. 게다가 이렇게 되는 대로 운영하는 가게에 그런 비밀이 숨어 있다니.

'아직도 믿기지 않아. 세상에 마법이 존재한다니.'

속으로 중얼거리면서 며칠 전에 본 광경을 떠올렸다. 지금도 잊을 수 없다. 우주에 둘러싸인 밤하늘 아래, 나는 마법이라는 신비를 목격했다.

이곳 폴라리스는 낮에는 골동품 가게이지만, 밤이면 마법 도구점으로 바뀌는 상당히 독특한 가게다. 괴현상에 대한 의뢰가 들어오면 사건을 조사하고 마법의 힘으로 문제를 해결해준다. 가게 주인인 쓰키시로에게는 왼손으로 무언가를 만지면 마법이 발휘되는 신비한 능력이 있다. 덕분에 나는 잃어버린 기억을 되찾을 수 있었다. 그 일에 대해서는 정말이지 고마울 뿐이다.

그 일을 계기로 나는 이 가게에서 일하기로 마음먹었다. 마법과 쓰키시로에 대해 더 알고 싶어졌기 때문이다. 하지만 일하기 쉬운 곳은 아니다. 이유는 하나. 이 가게의 주인이자 마법사인 쓰키시로의 성격 때문이다.

"도노, 의문이 좀 드는데."

"뭐가?"

한가하게 시간을 보내던 오후 3시 무렵, 쓰키시로의 목소리에 귀를 기울였다.

찰랑이는 머리칼에 맑은 피부, 긴 속눈썹과 커다란 눈망울을 지닌 아름다운 얼굴. 연애에 흥미가 없는 나조차도 보는 것만으로 황홀해지는 근사한 외모다. 하지만 쓰키시로의 성격은 쉽지 않다. 한마디로 깬달까.

"오늘 강의를 듣는데 옆에 앉아 있던 여자애가 지우개를 떨어뜨렸거든. 당연히 주워줬지. 그냥 주워주는 건 좀 심심할 것 같아서 이렇게 말했어. '잃어버리지 않게 조심해. 나 같은 미인이 이 지우개를 만졌다는 사실만으로도 무수한 남자들이 이 지우개를 갖기 위해 안달할 테니까. 어장 관리가 취미인 너에게는 이 지우개가 가보가 될 거야.' 그랬더니 그 애가 똥 씹은 것 같은 표정을 짓더라고. 대체 뭐가 잘못된 거지?"

"네가 대놓고 싸움을 걸었으니 당연하지."

뇌가 제대로 가동되고 있는 게 맞나? 쓰키시로는 어떻게 이런 이야기를 아무렇지 않게 내뱉을 수 있을까? 쓰키시로는 눈치가 없달까, 유머 감각이 남다르달까, 괴멸적이랄까 어쨌든 소통 능력이 거의 수정 불가 수준이다. 그렇게 말하면 여자아이들이 싫어할 것을 예상하지 못하는 건가. 뭘 어떻게 해야 그런 말이 유머로 받아들여질 거라고 생각할 수 있는 걸까. 게다가 다른 사람의 의견은 도통 듣지 않으니 방법이 없다.

"왜? 그 애가 쉬는 시간에 이야기하는 걸 들었어. 어장 관리를 좋아한다는 데이터를 사전에 입수해서 한 말이라고."

"그게 문제가 아니라, 일단 어떤 여자에게든 어장 관리가 취미라고 말하면 안 되지. 그리고 스스로 미인이라고 칭하면 상대방이 무슨 생각을 하겠어?"

"왜? 얼마 전에 본 드라마에서 예쁘게 생긴 여자 고등학생이

'난 미인이니까.'라고 말하니까 친구들이 웃으면서 놀리던데. 그걸 응용한 개그였어."

"나는 그 드라마가 뭔지 모르지만, 그런 건 정말 친하거나 서로 호감이 있는 관계에서만 통하는 농담이야. 까칠한 여자가 초면에 자기를 미인이라고 하면서 다른 여자에게 어장 관리를 언급하는 것과는 천지 차이라고."

"음, 지금 그 말은 성희롱 발언이야. 알바비 깎는다."

"성희롱이라니?"

"여성을 그렇고 그런 사람처럼 말했어."

"그게 왜 나빠?"

"마치 남자는 똑똑하고 여자는 어리석다고 말하는 것 같잖아. 일본 법률상 이건 엄청난 성희롱에 해당해."

"일본의 법률은 남자에게만 너무 엄격한 거 아냐?"

이런 식이다. 소통 능력이 절망적인 수준에 가깝다. 다른 사람의 의견을 듣지 않는데 자신의 말이 부정당하면 곧바로 반박한다. 이 무슨 염치없는 짓인가. 한숨만 나온다. 하지만 조금 애처롭기도 하다.

"어차피 잘 안 될 걸 알면서 꼭 소통하려고 노력할 필요는 없지 않을까. 왼손 때문에 결국엔 미움만 받게 된다며."

"하지만 지우개를 계기로 우정이 싹틀지도 모르잖아."

"그럼 어장 관리한다는 말을 하지 말든가. 그런 말 때문에 친구가 안 생기는 거야."

"친구 없어도 잘 살거든."

"뭘 또 삐지고 그래?"

"삐지기는 누가 삐졌다고 그래? 더 이상 친구가 필요 없다는 말을 하는 것뿐이잖아."

"더 이상이고 뭐고 어차피 없잖아."

"……."

쓰키시로는 잠시 말을 멈추더니 내 얼굴을 빤히 쳐다보았다.

"왜, 왜 그래? 내 얼굴에 뭐 묻었어?"

"아니, 그냥. 생각 외로 꼬박꼬박 아르바이트를 오는구나 싶어서."

"그야 모처럼 채용됐으니까."

"같이 있는 시간이 길어졌네."

"뭐 그럴 수밖에 없지."

"……."

쓰키시로는 다시 내 얼굴을 뚫어지게 바라봤다.

"뭐, 뭐야? 왜 그렇게 보는데?"

"흠, 겁쟁이."

"우씨."

쓰키시로는 불만스러운 얼굴로 고개를 돌렸다. 뺨이 또렷하게 붉은 빛으로 물들었다. 내 이마에는 땀이 맺혔다. 쓰키시로는 외로움을 많이 탄달까, 솔직하지 못하달까. 하여튼 쓰키시로는 가끔 이렇게 나를 자극한다. 대개 겁쟁이라고 놀리는 게 끝이지만. 나와 쓰키시로는 어느 정도 거리감을 유지하면서 하루하루를 보내고 있다.

마법과 이 가게에 대해 알고 싶은 것이 많다. 최근 일주일 동안은 손님이 한 명도 없었는데 과연 아르바이트비를 줄 수 있는지, 내 시급은 정말로 300엔이 맞는 건지 궁금했다. 물론 그런 문제들을 제쳐놓고 하루하루 보내고 있지만.

"도노, 할 일도 없는데 우리 뭐라도 하면서 놀까?"

"갑자기? 뭘 하면서?"

"이 주사위는 마법 도구야. 짝수면 행복을, 홀수면 불행을 불러와. 도노, 한번 던져봐."

"절대 안 해. 이런 도구가 왜 이렇게 막 굴러다니는 거야?"

"마법 도구점이니까. 그럼 이건 어때? 이건 몸에 감으면 투명 인간이 될 수 있는 엄청난 목도리야. 이걸로 전에 식당에서 나에게 들이댔던 그 두 녀석을 노예로 만들러 가자."

"너 얼굴은 안 그렇게 생겼는데 꽤 잔혹한 구석이 있구나. 그나저나 엄청난 마법 도구다. 재미있을 것 같기는 하지만 범죄 냄새가 나는데. 아서라."

"흥."

쓰키시로와 보내는 시간은 귀찮기도 하지만 기분이 나쁘지는 않다. 왜일까. 사실 굳이 이유를 알지 않아도 될 것 같다.

4월이 끝나갈 때쯤, 화창한 날씨는 새로운 사건과 맞닥뜨리기에는 이질적이었다.

"안녕. 별일 없지?"

"오랜만이야."

어느 토요일 점심 무렵, 오늘도 평소와 다름없이 쓰키시로와 나는 별 의미 없는 대화를 주거니 받거니 하고 있었다.

"도노, 피곤하니까 어깨 좀 주물러줘."

"싫어. 네가 알아서 해."

"역시. 여자 몸에 손이 닿으면 흥분한 게 왼손으로 전해질까봐 무서운가 보구나. 이래서 남자는 안 된다니까."

그때 늘 조용하기만 하던 도어벨이 울렸다. 너무 오랜만의 일이라 우리의 눈은 자연스럽게 문 쪽으로 향했다. 몹시 쾌활해

보이는 여성이 문을 열고 들어왔다. 가게로 들어서며 우리 쪽을 바라본 그녀가 외쳤다.

"와, 정말 쓰키시로네. 대박!"

"저 여자 뭐야? 아는 사람이야?"

지나치게 활발한 기운에 눌린 내가 쓰키시로에게 물었다.

"아니, 저렇게 소란스러운 사람은 모르는데."

우리의 대화를 들었는지 그 여성은 자기소개를 시작했다.

"인사할게. 나는 사회학부에 다니는 아라시야마 가에데라고 해. 쓰키시로와 같은 학교에 다녀. 잘 부탁해. 하하하."

그녀는 막대 사탕을 입에 물고 경례 자세를 취하며 싱긋 웃었다. 아무리 봐도 그녀는 우리와 다른 세계에서 온 듯했다. 겉모습은 요즘 대학생과 별반 다르지 않다. 봄에 잘 어울리는 가벼운 후드티에 옅은 베이지색 바지를 매치해 캐주얼한 분위기를 물씬 풍겼다. 언제 봐도 니트와 스커트 조합인 쓰키시로와는 정반대다. 머리 모양도 그렇다. 쓰키시로는 여성스러움이라고는 전혀 찾아볼 수 없는 반면 그녀는 산뜻한 단발이다. 밝은 색감의 귀고리도 잘 어울렸다. 하지만 싱글벙글한 표정이 어쩐지 성격에 커다란 문제가 있는 것 같았다. 예감은 완벽하게 적중했다.

"아라시야마라고 했나? 쓰키시로를 알아?"

"그럼. 문학부지? 얼굴은 예쁘지만 성격이 더럽기로 유명하잖아."

"……."

'그렇게 직설적으로 말할 건 없잖아.'

아라시야마라고 자신을 소개한 여성은 과연 첫인상대로 생각한 것을 서슴없이 말했다. 그야말로 태풍 같은 사람이었다. 나도 사회성이 없지만 이렇게까지 노골적으로 말하지는 않는다. 쓰키시로는 당연히 언짢아했다.

"그래서 아라시야마, 성격은 나빠도 얼굴은 예쁜 나에게 무슨 볼일이야?"

"와, 자기 입으로 예쁘대. 제법인데."

"내가 예쁜 건 사실이니까 시기하고 질투하는 게 당연하지."

"역시 보통이 아니야. 뭐 나도 얼굴에는 꽤 자신 있지만."

"자부심이 굉장하네. 얼굴이 나쁘지는 않지만 기품이나 고급스러움은 없다."

"훗훗, 소문대로 성격 있네. 그럼 저기 있는 남자에게 판단하라고 하자. 나랑 너 둘 중에 누가 더 예쁜지."

"응? 나?"

왜 하필 화살이 나에게 온 걸까.

"응. 너, 솔직하게 말해. 나랑 쓰키시로 중에 어느 쪽이 더 마음에 들어?"

"도노, 답은 알고 있지?"

"이름이 도노구나. 대답하면 데이트해줄게."

"도노."

"도노."

두 여자가 차례로 내 이름을 불렀다.

"그만해. 누가 더 예쁜지가 뭐가 중요해? 싸울 거면 다른 데가서 싸워."

나는 손사래를 치며 대답하기를 다그치는 두 사람을 피했다. 어쩌라고. 세상에서 제일 골치 아픈 게 여자들끼리 싸우는 데 끼는 거다. 둘 중 한쪽 편을 들면 다른 쪽이 화를 내고, 아무도 선택하지 않으면 겁쟁이라는 말을 듣는다. 누구를 선택해도 결국 "치마만 두르면 다 좋냐?"는 말을 듣게 될 거다. 세상은 왜 이렇게 불공평한지.

내 예상대로 두 사람은 실망한 모습이었다.

"패기가 없어. 이래서 요즘 남자들은 안 된다니까."

아라시야마의 말에 쓰키시로도 거들었다.

"그렇지 뭐. 객관적으로 말해서 도노에게 선택받는다고 뭐가 달라지나."

조금 전까지 싸우다가 갑자기 편 먹고 남자를 공격하는 건 뭐야? 이 여자는 대체 왜 여기에 온 걸까? 사람 놀리는 것도 작작하라고. 나는 의문스러운 표정으로 아라시야마를 쳐다보았다. 무척 한가해서 무료하긴 했지만 이런 상황을 원했던 건 아니다.

"아, 미안, 미안. 소문으로만 듣던 쓰키시로를 만나서 나도 모르게 신이 났나 봐. 괴현상을 해결해준다는 소문 말이야. 그런데 정말이야? 달콤한 밤을 보내러 왔다고 말하면 미스터리 헌터가 나온다고 들었거든."

"흐음."

아라시야마의 말에 나는 할 말을 잃었다. 물론 달콤한 밤을 보내러 왔다는 대사는 가짜지만 아라시야마의 말은 사실이다. 누가 퍼뜨렸는지는 모른다. 그러나 나는 직접 그 일을 겪었다. 지금 생각하면 그런 말도 안 되는 소문을 믿고 여기까지 찾아온 게 용하다. 하지만 세상에는 분명히 과학적으로 설명할 수 없는 일들이 있다. 그 일 때문에 폴라리스에 찾아왔다는 건? 쓰키시로를 봤다. 그녀 역시 상황을 이해했는지 아라시야마를 바라보고 있었다. 우리를 감싼 공기가 진지하게 바뀌었다.

"알다시피 여기는 괴현상을 조사하고 해결해주는 곳이야. 고민거리가 있으면 여기 주인인 쓰키시로에게 의뢰하면 돼."

내가 설명했다. 딱히 쓰키시로가 시킨 적은 없지만 알바생이라면 이쯤은 해야 할 것 같았다.

"그 소문이 진짜였다니! 실은 고민이 있어서 찾아왔어."

아라시야마가 변함없이 쾌활한 목소리로 말했다. 그리고 나서는 잠시 망설이는 듯하더니 말을 이었다.

"쓰키시로는 저주의 나무 같은 거 믿어?"

아라시야마는 들고 있던 비닐봉지에서 무언가를 꺼냈다. 품 안에 쏙 들어오는 크기의 분재였다.

"뜬금없는 이야기지만 우리 할아버지는 까칠한 분이셨어. 피도 눈물도 없이 매정해서 가족들에게 미움을 샀지. 평소에는 완전히 고지식하고 딱딱하다가 아빠가 소매치기를 당하거나 엄마가 손가락을 삐거나 하면 잘됐다는 얼굴로 웃었다니까. 그래서 가족의 미움을 잔뜩 받다가 반년 전에 돌아가셨어."

아라시야마는 돌아가신 할아버지에 관한 이야기라고는 믿을 수 없을 정도로 명랑한 목소리로 이야기를 이어갔다.

"할머니가 먼저 유품을 정리하자는 말을 꺼내셨어. 엄마는 할아버지와 사이가 안 좋았기 때문에 최소한의 물건만 남기면 된다고 했어. 그래서 내가 중고시장 앱에 팔려고 이것저것 정리했는데 그중에 액땜하는 물건인가 싶은 게 있었어. 바로 이 분재야."

"중고시장 앱이라니……. 됐고, 이 분재가 그거야?"

"응, 할아버지 취미가 분재였거든. 그런데 이 동백나무 분재를 사기 위해 할아버지는 오랫동안 수집한 분재를 죄다 팔아치웠어. 그걸로도 부족해서 빚까지 엄청나게 져서 할아버지랑 엄마가 많이 싸웠던 기억이 나. 돌아가시기 직전에도 절대 버리지 말라고 말씀하셨대. 그래서 이것만이라도 곁에 놓아드릴까 생각했는데 그게 비극의 시작이 될 줄은 몰랐지."

어쩐지 공포 분위기가 조성됐다. 아라시야마가 이야기를 계속했다.

"처음에는 방에 뒀는데 생각보다 돌보기가 힘들더라고. 결국 귀찮아서 여동생이 있는 병실에 옮겨두기로 했어. 걔는 늘 한가하니까 마침 잘됐다 싶었지. 아, 여동생은 태어날 때부터 몸이 약해서 입원을 자주 했어. 그런데 동생 주변에서 갑자기 불행한 일들이 연속해서 벌어지는 거야. 뭐 불행한 일이라고 해봤자 회진을 돌던 담당 의사 선생님의 손가락이 문에 끼인다든지, 간호사 언니가 휴대폰을 잃어버리는 정도이기는 한데, 그래도 매일

이런 일들이 일어나니까 찝찝하잖아. 여동생도 근래 들어 몸 상태가 안 좋아 보이고. 그래서 역시 이 분재를 버릴까 생각해보기도 했지만 함부로 버렸다가 오히려 더 재수 없는 일이 생길 수도 있잖아. 어떻게 해야 좋을지 몰라 고민하고 있는데 이 가게에 대한 소문을 들었어. 소문이 믿기지는 않지만 밑져야 본전이니까. 여기까지! 쓰키시로는 어떻게 생각해? 이거 역시 저주의 나무일까?"

단숨에 말을 마친 아라시야마는 계산대 쪽으로 몸을 기울여 쓰키시로에게 재촉하듯 물었다.

"고민이라면서 왜 즐기는 것 같지?"

쓰키시로는 퉁명스러운 말투로 중얼거리면서 분재를 손에 들었다. 반투명 장갑을 살포시 벗는 모습을 보며 나는 꿀꺽 침을 삼켰다.

'상대방의 마음을 꿰뚫어보는 힘을 쓰려는 건가? 왼손에 닿으면 실제로 어떤 느낌일까?'

쓰키시로의 왼손에는 마음을 읽는 힘이 깃들어 있다. 아직 그 힘을 잘 알지는 못하지만 미움받기 쉽다는 점을 제외하면 상당히 매력적인 능력이다. 심지어 꿰뚫어보는 대상이 마법 도구라면 도구에 깃든 자아까지 읽어낼 수도 있다. 하지만, 이유는 알 수 없지만 별이 총총히 뜬 새벽 3시 33분에만 그 힘을 온전히 통제할 수 있다. 지금 같은 대낮에는 왼손에 닿아도 엿보는 정도만 가능하다.

쓰키시로는 한참 동안 진지하게 분재를 들여다보았다. 나는 쓰키시로가 입을 열 때까지 곁에 서서 가만히 기다렸다. 아라시야마는 따분한지 내게 말을 걸었다.

"앞치마, 넌 여기서 뭐하는 거야? 너도 린푸대학교 다녀?"

"문학부에 다니는 도노라고 해. 아르바이트를 하는 중이지."

"아르바이트? 시급이 300엔이라고 문 앞에 적혀 있던데."

"응, 난 괜찮아."

"흠, 뭐 미인이니까."

"뭐야? 난 여자한테 관심 없어."

뭐 있다면 있을 수도 있지만 그렇게 대답했다가는 머지않은 임금 협상이 결렬될 수도 있다. 그때 아라시야마의 손이 하필 내 왼손에 닿아 마법이 발휘됐다.

"역시 관심이 있구나. 남자들이 다 그렇지 뭐."

"무슨 소리야? 나는 그런 말 한 적 없어."

"응? 방금 네가 있다고 했잖아."

"아니, 그건……."

왼손의 저주가 들킬까 봐 횡설수설했다. 그런 나를 보며 아라시아마는 "있다고 한 거 맞네."라며 히죽히죽 웃었다. 젠장. 이 기분 나쁜 여자는 뭐야.

허둥대는 내 귀에 헛기침 소리가 들렸다. 나를 노려보는 쓰키시로의 눈빛을 보고 자세를 바로 고쳐 앉았다. 쓰키시로는 한숨을 내쉬며 입을 열었다.

"이 동백나무는 마법 도구인 것 같아. 어렴풋하지만 그런 기미가 보여."

"뭐? 마법 도구?"

놀란 아라시아마에게 쓰키시로가 마법에 대한 긴 설명을 시작했다. 전에 내가 들었던 설명과 비슷한 내용이었다. 느닷없이 그런 이야기를 늘어놓으면 이해하지 못할 텐데. 역시 아라시아마는 멍한 표정이었다. 쓰키시로에게는 상대방이 이해하기 쉽게 설명하는 능력 따위는 없다. 내가 부연 설명을 해줘야지 생각하는데, 뜻밖의 일이 벌어졌다.

"세상에 그런 게 존재하다니 굉장해."

"뭐야? 믿는 거야?"

"응, 믿어. 실제로 불행한 일들이 일어나고 있으니까."

'뭐야? 정말 믿는 거야? 이렇게 쉽게?'

예상치 못한 전개였다. 아라시야마는 의심의 여지없이 쓰키시로의 말을 믿고 있었다. 쓰키시로조차 당황한 눈치였다. 놀라움은 거기서 그치지 않았다.

"그래서 이 안에 뭐가 봉인된 건데? 마왕? 마신? 아니면 일곱 개의 분재를 모으면 어떤 소원이든 다 들어준다고 하고서 그중 몇 개만 들어주는 용이 나오는 거야?"

"좀 진정해줄래? 그런 건 없거든."

아라시야마는 의심은커녕 쓰키시로에게 몸을 기울인 채 속사포처럼 질문을 쏟아냈다.

"내가 이래 봬도 만화랑 게임 같은 거 엄청 좋아하거든. 신기한 일이라면 사족을 못 쓰지. 하하하."

그런 사람이었구나. 흠, 그래도 그렇지.

쓰키시로는 아라시야마를 밀쳐내며 귀찮다는 듯 투덜거렸다.

"뭐가 됐든 일단 조사를 해봐야지. 위험한 마법 도구라면 함부로 사용하면 안 되니까. 우선 여동생 이야기를 좀 들어봐야겠어."

"그래, 그럼 빨리 여동생을 만나러 가자. 렛츠 고!"

속전속결인 아라시야마는 그렇게 말하더니 어느새 가게 입구를 나서고 있었다. 불도저 같은 쓰키시로조차 할 말을 잃은 표정이었다. 저 여자, 보통이 아니다.

"산만해. 저런 사람 불편하더라. 난 저렇게 제멋대로인 사람은 되지 말아야지."

"아…… 그렇구나."

"뭐야, 그 할 말 있는 표정은?"

"아냐, 아무것도……."

왼손이 닿지도 않았는데 내 생각이 전해졌나 보다. 쓰키시로는 불만스러운 얼굴로 다그쳤다.

"하고 싶은 말 있으면 그냥 해."

"할 말 없으니까 신경 꺼."

"혹시 나도 쟤 못지않게 제멋대로라고 말하고 싶은 거야?"

"아니, 난 그런 말 안 했는데."

"방금 그거 갑질이야. 아르바이트비에서 제하겠어."

"뭐가?"

"여성에게 '아니'라고 했잖아. 그건 일본 법률상 여성 차별에 해당해."

"다시 말하지만 일본 법률은 남자에게 너무 가혹하다고 생각하지 않아?"

"거기서 뭐하는 거야, 두 사람? 시시덕거리지 말고 빨리 와."

아라시야마가 우리를 향해 다그쳤다.

"시시덕거리지 않았거든!"

나와 쓰키시로가 합창하듯 대답하자 아라시야마가 웃으며 말했다.

"시시덕거렸네."

나는 그 소리에 얼굴을 붉히며 가게를 나와 문을 잠갔다.

버스를 타고 얼마쯤 가서 국립병원에 도착했다. 아라시야마를 따라 엘리베이터를 타고 4인 병실로 들어갔다.

"안녕. 오늘도 잘 아프고 있지?"

"언니는……."

아무리 여동생이라지만 무슨 인사를 저렇게 건넬까. 한 여자아이가 당황한 목소리를 냈다. 창가 쪽 침대에 누워 있는 이 아이가 아라시야마의 여동생인가 보다.

"소개할게. 여기는 내 여동생 쓰바키. 귀엽지?"

"안녕하세요. 처음 뵙겠습니다. 쓰바키라고 합니다."

"난 도노. 잘 부탁해."

"난 쓰키시로. 나도 잘 부탁해."

아무런 설명도 없이 병원에 나타난 우리를 보고 여동생은 아라시야마에게 눈을 흘기는가 싶었지만, 언니의 돌발 행동에 익

숙한지 이내 예의를 갖춰 인사했다. 여성들만 있는 병실에 들어가도 되나 싶어 긴장했지만 제지하는 사람은 없었다.

"우리 둘이 전혀 안 닮았다고 생각했지? 하지만 분명히 피를 나눈 자매라고. 봐봐. 눈가가 비슷하잖아."

"언니, 내 눈 찌르지 마."

아라시야마의 말처럼 두 사람은 전혀 닮지 않았다. 직설적이고 종잡을 수 없는 언니와 격식과 예의를 갖출 줄 아는 조용한 동생. 새삼 나이가 많다고 반드시 어른스러운 건 아니라는 사실을 깨달았다. 하지만 역시 자매는 자매다. 앳된 쓰바키의 이목구비가 어딘지 언니를 닮았다.

"언니, 오늘은 왜 온 거야?"

"할아버지 분재 있잖아. 너랑 이름이 같은 그거. 그게 마법 도구인가 봐. 전문가에게 조사를 의뢰했지."

"마법 도구?"

"잠깐만, 그렇게 설명하면 이해 못 하는 게 당연하지."

여동생의 표정엔 혼란스러워하는 기색이 역력했다. 하지만 "너무 자세히 알려고 하지 마."라고 말하며 구체적인 설명 따위는 생략하는 게 아라시야마의 스타일이다. 하필 쓰키시로도 그런 성격이라는 점이 힘들 뿐이다. 할 말을 잃은 채 멍하니 있는 여동생을 그대로 둔 채, 쓰키시로는 무심하게 말했다.

"아까 그 나무, 저주의 나무라고 했던가? 마술의 세계에서 나무는 생명을 의미해. 세피로스 나무가 유명하지. 신은 아담과 이브가 세피로스 나무에서 열리는 생명의 열매를 먹을까 봐 낙원에서 추방했어. 많은 지역에서 나무를 숭배의 대상으로 삼고 있어. 긴 수명과 번영하는 특성 때문에 나무는 수천 년간 사람들에게 신의 대리자로 여겨졌지. 그런 이유로 인간들은 오랫동안 나무에게 기도하곤 했어. 일본의 신목(神木)도 그중 하나야."

4인 병실에 같이 있던 쓰바키 또래의 다른 환자가 무슨 일인가 궁금해하는 얼굴로 이쪽을 봤다. 나는 불안해졌다.

"하지만 지금 벌어지는 현상은 마술이 아니라 마법이야. 사람의 마음이 만들어내는 현상이지. 그래서 우리가 흔히 나무하면 떠올리는 것들을 생각해봐야 해. 내 경우, 바로 떠오르는 건 생명이나 성장 정도야. 광합성을 생각하면 정화라는 이미지도 떠오르지. 이번 일은 불행에 가깝기 때문에 흡수라는 표현도 생각할 수 있을 것 같아. 여동생의 건강이나 누군가의 행복을 양분으로 삼아 자라는 나무 같은 거."

"누군가의 행복을 양분으로 자란다니……."

그 설명을 들으니 오싹해졌다.

쓰키시로는 대부분의 마법 도구는 제멋대로 힘이 발휘되어 사람들에게 악영향을 끼친다고 설명했다. 간담이 서늘해졌다.

"그렇다면 빨리 처분해야겠는데."

"그렇게 결론내리긴 아직 그러긴 일러. 도노의 열쇠 꾸러미처럼 처분해도 다시 돌아올 수도 있어. 게다가 정말 저주의 나무라면 함부로 처분하는 건 위험해. 무슨 일이 일어날지 모르니까. 그러니까 조사를 먼저 해보자."

그렇게 말하며 줄곧 서 있던 쓰키시로는 철제 의자에 앉더니 쓰바키를 바라봤다.

엄청난 미인이 무표정한 얼굴로 쳐다보자 얼굴이 빨개진 쓰바키는 자세를 고쳐 앉았다. 아라시야마는 재미있다는 듯 지켜보았다.

"그럼 몇 가지 물어볼게. 쓰바키, 언제부터 아팠지?"

본격적으로 질문을 받자 쓰바키는 당황하며 언니의 눈치를 봤다.

"괜찮아. 언니랑 아는 사람이야."

아라시야마는 그렇게 말하며 웃었다.

쓰바키는 체념한 듯 입을 열었다.

"음, 마법 같은 건 잘 모르겠지만 제 병은 타고난 거예요. 면

역이 낮아지는 증상이어서……."

"맞아. 맞아. 태어나자마자 아파서 바로 퇴원할 수 없었어. 그 후로도 계속 병원 생활을 했고. 그래도 이렇게 멋진 언니가 있어서 버틸 수 있었지. 후후후."

"보통 사람들은 자기 입으로 그런 말 안 할 텐데."

아라시야마를 보며 쓰바키가 한숨을 내쉬며 쏘아붙였다. 그래도 자매 사이는 꽤 좋은 편이었다. 아라시야마가 쓰바키의 머리를 쓰다듬었고, 쓰바키는 언니의 손길에 마음이 편해진 것처럼 보였다. 쓰키시로도 이해하는 모습이었다. 쓰키시로는 계속 질문을 이어갔다.

"그럼 반년 전에 돌아가셨다는 할아버지와 관계는 어땠어? 듣기로는 썩 친하지 않았던 것 같은데."

"아, 그건."

쓰바키의 얼굴이 어두워졌다.

"할아버지가 워낙 깐깐하신 분이라 어려웠어요. 서로 간섭할 일도 없어서 이렇다 할 만한 추억도 없어요."

"나도 어려웠어. 할아버지한테는 맨날 혼나기만 해서."

"여동생은 그렇다 처도 넌 자업자득이잖아."

"아냐, 할아버지는 정말 성격이 까칠했어. 아까 말했잖아, 할아버지는 남의 불행을 기뻐하는 고약한 성격이었다니까. 게다가 우리 가족을 전부 싫어했어. 엄마랑 아빠는 할아버지를 피해 사랑의 도피를 한 거라고."

"뭐?"

웬만해서는 듣기 힘든 표현에 모두 귀를 의심했지만, 아라시야마는 아무 일 아니라는 듯 설명을 이어갔다. 아라시야마의 부모님은 사랑의 도피를 했다고 했다. 아버지는 화가가 되고 싶어 했고, 할아버지는 결혼을 반대했다. 귀하게 키운 딸이 가난뱅이 예술가와 결혼하겠다고 했으니 그럴 법도 했다. 결국 아버지는 화가의 꿈을 접고 디자이너로 성공했고, 아라시야마가 태어나자 할머니의 중재로 할아버지와 화해할 수 있었다.

그 뒤로 여동생 쓰바키가 태어났지만, 겉으로만 화해했던 할아버지와 아버지의 관계는 다시 서먹해졌다. 그리고 반년 전, 서로 마음을 털어놓을 겨를도 없이 할아버지가 돌아가셨다.

"그렇게 들으니 할아버지의 증오가 분재에 깃들어 저주의 나무가 됐다고밖에 생각되지 않는데."

"그렇지. 나도 방금 설명하면서 그렇게 생각했어. 무서워. 역시 버려야겠어. 쓰키시로, 무슨 좋은 방법이 없을까?"

"경솔하게 행동하면 안 돼."

아라시야마는 재촉했지만 쓰키시로는 동조하지 않았다. 좀 더 조사해봐야 한다는 말뿐이었다. 아라시야마는 쓰바키의 건강이 악화되고 있다고 했다. 그렇다면 빨리 손을 써야 한다. 그때 쓰바키가 불쑥 끼어들었다.

"그런데 이야기가 참 묘하네요. 이게 저주의 나무라니."

"무슨 말이야?"

아라시야마가 물었다. 나도 영문을 몰라 어리둥절한 표정으로 쓰바키를 봤다. 응수한 사람은 쓰키시로였다.

"그럼 저주가 아니라 행운을 부르는 나무인 줄 알았어?"

"네, 저와 이름이 같은 걸 보니 인연이 있는 나무인 것 같다는 말을 들은 적이 있어요. 그런데 여기에 저주가 깃들어 있다니."

"흠, 그건 그렇네."

쓰바키의 말에 쓰키시로는 생각에 잠겼다. 그렇다면 왜 나무는 저주를 부르는 마법 도구가 됐을까. 기묘한 분위기에 모두들 할 말을 잃었다. 병실에는 오후의 태양이 내리쬐고 있었다.

어느 정도 시간이 흐른 뒤 우리는 너무 오래 머물렀다고 생각하며 슬슬 병실을 나왔다. 동백 분재는 다시 아라시야마의 품으로 갔다. 오후 4시가 조금 안 된 시간, 우리는 병원 근처의 찻집에서 작전 회의를 열기로 했지만 좀처럼 쉽지 않았다.

"아얏, 저 자전거가! 어딜 보고 운전하는 거야?"

"뭘 이 정도로 그래? 난 도로가 움푹 패서 넘어졌어. 십 년 감수했네."

"큰일 날 뻔했네. 도노가 잡아줘서 다행이야. 부딪쳤나 싶더니 얼굴이 바닥에 처박혀 있잖아."

"가슴이 작으니까 얼굴부터 떨어지는구나."

"쓰키시로, 보통 아니네. 대담한데. 나랑 한 판 할래?"

"그만둬, 둘 다. 싸우면 난 그냥 가버릴 거야."

금방이라도 싸울 듯한 두 사람을 달랬다. 아무래도 이 두 사람은 잘 맞지 않는 것 같다. 중재하는 나만 고달프다.

병원을 나와 여기까지 오는 동안 아라시야마는 자전거와 부딪쳤고, 쓰키시로는 넘어질 뻔했다. 나는 아이와 부딪쳐 주스를 뒤집어썼다. 혹시 분재를 들고 있어서 이런 일이 일어나는 건가.

"맞지? 역시 이 분재, 저주의 나무지? 이걸 갖고 있으니까 별일이 다 생기잖아. 안 되겠어. 이제 그만 버리자. 쓰키시로, 안전한 방법을 생각해봐."

"가만히 좀 있어봐. 진짜 참을성 없네."

우리는 이 모든 일이 틀림없이 저주의 나무 때문이라고 생각하면서도 대처법을 놓고 옥신각신했다. 그때 아라시야마의 스마트폰이 울렸다.

"아차, 나 오늘 아르바이트 가는 날이었어. 바쁘니까 난 이만 갈게."

아라시야마는 그렇게 말하며 밖으로 나갔다. 그 모습을 보며 쓰키시로가 투덜거렸다.

"저렇게 불성실할 수가. 난 저런 사람이 되지 말아야지."

동의하는 면도 없지는 않았다. 하지만 쓰키시로도 근무 시간에 와인을 딴 걸 본 적 있다고 말하고 싶었지만 참았다. 어차피 성 차별을 들먹이며 트집만 잡을 게 뻔하니까.

"그래서 어떻게 할 건데? 왼손을 대보니 뭐 좀 알겠어?"

사건이 해결될 기미가 보이지 않아서 먼저 물었다.

쓰키시로가 가진 왼손의 능력을 아라시야마에게는 알리지 않았다. 산만한 아라시야마가 알게 되면 더 정신없어질 것 같았다.

"낮이라 그런지 별로 느껴지는 게 없었어. 원래 마법 도구는 목소리가 작아서 감지하기가 어려워. 하지만 여러 가지 마음이 깃들어 있는 건 확실해."

"여러 가지? 무슨 말이야?"

마음이 만들어낸 마법은 빈 그릇에 머문다. 거기에서 자아가 싹트고 소리를 낸다. 지금까지 그런 줄 알았는데.

"보통은 그게 맞아. 하지만 이 마법 도구는 많은 사람의 손을 거친 것 같아. 그러면서 여러 사람의 마음이 조금씩 더해지며 지금에 이르렀겠지."

쓰키시로의 설명에 다시 생각에 잠겼다. 잘 모르겠다. 그러고 보니 이 마법 도구는 꽤 비싼 거라고 아라시야마가 말했다. 그렇다면 혹시 할아버지 손에 들어오기 전부터 이미 마법 도구였을까? 할아버지는 마법 도구라는 사실을 알고 구매했을까?

"그럴 가능성이 커. 할아버지가 마법의 존재를 알았다고 할 수는 없지만, 옛날 분이니 소원을 이뤄준다는 말에 큰돈을 썼다고 해도 이상할 건 없지. 문제는 왜 저주의 나무를 샀느냐는 거야. 그걸 알아야 해."

"쉽지 않네. 어떻게 할 거야? 3시 33분에 발휘되는 마법으로 파악해볼 거야?"

"그건 아냐. 정말로 저주의 나무라면 무슨 일이 일어날지 몰라. 내가 통제할 수 있다는 보장은 없어."

그 말을 끝으로 우리는 침묵했다. 힌트가 너무 적어서 아무것도 알 수 없었다. 아라시야마의 부모님이나 할머니를 만나 이야기를 들어보면 다른 단서를 찾을 수 있을까? 우리는 출구가 없는 미로에 멈춰 서 있었다. 그때 쓰키시로가 갑자기 입을 열었다.

"그런데 도노."

"응? 뭐야, 앗!"

대체 무슨 생각인지 네 명이 앉을 수 있는 넓은 자리를 놔두고 굳이 내 옆에 앉아 있던 쓰키시로가 갑자기 내 쪽으로 얼굴을 쑥 내밀었다. 쓰키시로의 향기가 주변을 채웠다. 쓰키시로의 아름다운 얼굴에 심장이 뛰었다. 뭐야, 갑자기. 달콤한 한숨 소리와 함께 그녀가 물었다.

"아라시야마랑 꽤 친해 보이던데."

"뭐? 무슨 소리야?"

"아까 병실에서. 내가 잠깐 자리를 비웠을 때 둘이 상당히 즐겁게 이야기하는 것 같더라."

"아, 그건."

아무래도 조금 전 병실에서 있었던 일을 말하는 것 같다. 쓰키시로가 자리를 비웠을 때 나와 아라시야마는 의미 없는 잡담을 나눴다. 아라시야마의 핸드폰 줄이 내가 좋아하는 게임 캐릭터라서 서로 반가웠다. 그게 뭐?

"그래서, 분위기 좋았어?"

"뭐, 그런대로."

"그런대로 좋았구나."

"그게 무슨 말이야?"

"인중 늘어났다."

"인중 늘린 적 없거든. 대체 무슨 말이 하고 싶은 거야?"

"하고 싶은 말 없는데. 그냥 그렇구나 싶어서."

"그냥?"

"그냥."

"그냥이었구나."

여자들은 정말로 속마음을 알 수 없다. 도대체 쓰키시로는 무슨 말이 하고 싶었던 걸까. 게임 이야기를 하면서 서로 반가워했을 뿐인데 이렇게 불만 섞인 목소리라니.

쓰키시로는 "도노는 원래 그런 사람이니까."라고 푸념했다. 나를 알고나 하는 말인가. 원래라니 대체 무슨 말을 하는 거야? 나랑 안 지 얼마나 됐다고.

번뜩이는 생각은 무심코 찾아왔다.

'응? 혹시……'

문득 떠오른 생각을 쓰키시로에게 말했다.

"쓰키시로, 궁금한 게 하나 있는데."

"뭔데?"

"저주의 나무 말이야. 우리는 넘어질 뻔하거나 주스를 뒤집어썼고, 여동생은 병세가 악화됐어. 그걸 보고 생각한 가설인데."

내가 생각한 가설을 말했다.

쓰키시로의 반응은 나쁘지 않았다.

"그러게. 가능성이 전혀 없지는 않네."

"그렇지? 내 생각에 이 나무는……."

"아르바이트 다녀왔어. 나 없는 동안 둘이서 잘 시시덕거리고 있었지?"

중요한 얘기를 나누고 있는데 갑자기 아라시야마가 들이닥쳤다. 쓰키시로가 소리쳐 대답했다.

"시시덕거리지 않았거든!"

하지만 지금은 그게 중요한 게 아니다. 쓰키시로는 생각 끝에 스마트폰으로 오늘 밤 날씨를 검색했다. 맑은 모양이다. 쓰키시로가 작게 고개를 끄덕였다.

"아라시야마."

"응? 왜, 왜? 사건에 진척이 있는 거야?"

"응, 있어. 오늘 밤, 작전을 실행할게."

"뭐? 오늘 밤?"

쓰키시로가 자신감에 찬 눈동자로 아라시야마에게 말했다.

"오늘 새벽 3시에 여동생 병원 앞에 모여. 사건의 경위를 밝히자."

그날 밤. 새벽 3시가 넘었다. 나와 쓰키시로, 아라시야마, 쓰바키까지 우리 네 명은 한밤중에 병원 옥상에 모였다.

"대, 대단하네요……. 이게 마법인가요?"

"와, 놀랐어. 쓰키시로, 진짜 엄청난데."

아라시야마와 쓰바키가 모두 놀란 데는 이유가 있었다. 나도 아직 심장이 두근거린다. 저녁 작전 회의 결과, 우리는 쓰바키의 몸 상태를 고려해 병원 옥상에서 작전을 실행하기로 했다. 그러니까 새벽 3시 33분에 병원 옥상에서 마법을 실행하기로 한 것이다. 아라시야마는 이해하지 못했지만 쓰키시로는 독단적으로 그렇게 결정했다.

그러나 한밤중에 몰래 병원에 들어가 옥상에서 모이는 일이 그렇게 간단할 리 없었다. 걱정할 필요 없다는 쓰키시로의 한마디에 고개를 갸우뚱하면서도 우리는 각자 자전거와 택시를 타고 시간 맞춰 병원 앞에 모였다. 머지않아 쓰키시로가 그렇게 말한 이유를 알게 됐다.

"와, 이게 마법의 힘이라는 거야? 대박. 남탕에 무한 입장할 수 있겠다. 쓰키시로, 같이 가자."

"그걸 말이라고 해? 대체 무슨 소리를 하는 거야?"

쓰키시로가 가져온 것은 언젠가 보여준 적이 있는 투명인간 목도리였다. 네 명이 둘러도 남을 만큼 무척 길었다. 목도리를 감고 투명인간이 된 우리는 잠든 쓰바키를 어렵지 않게 옥상으로 데려올 수 있었다. 너무 자연스러워서 무서울 정도였다. 자고 일어나니 투명인간이 되어버린 쓰바키는 놀라움을 감추지 못했다.

"진짜 대단해요. 이렇게 편리한 마법 도구가 있다니."

"극히 드물지만 사용하기 편리한 마법 도구가 없지는 않아. 물론 평소에는 사람들이 철저히 지키고 있지만, 나는 특별히 몇 개 소유하고 있지."

몇 가지 단어에 의문이 생겼다. 지키는 사람. 특별 소유. 아무래도 쓰키시로의 배후에는 내가 모르는 세계가 있는 것 같다. 그쪽으로는 관심이 없는 아라시야마가 물었다.

"이렇게 한밤중에 불러내서 뭐하려고? 그리고 하필 왜 옥상이야?"

"거기에 대해서는 조수인 도노가 설명할 거야."

"뭐? 내가 왜?"

"부탁해. 난 조금 집중해야 해서."

"손에 와인 잔을 들고서 집중은 무슨 집중?"

쓰키시로는 병실에서부터 내게 챙기라고 지시한 철제 의자에 앉아 와인을 따르고 있었다. 나는 어쩔 수 없이 아라시야마 자매에게 설명을 하기 시작했다. 쓰키시로가 마법사라는 사실, 그리고 새벽 3시 33분 별이 총총히 뜬 밤하늘 아래에서만 마법 도구를 사용할 수 있다는 사실을 이야기했다. 당연히 상대방의 마음을 꿰뚫어볼 수 있다는 것도 빼놓지 않고 말했다. 마법에 대해 잘 알지 못했던 쓰바키도 설명을 듣자 이해하는 듯했다.

마지막으로 동백나무 분재에 관해서도 설명했다.

"그 분재 말인데, 내 생각엔 우리가 저주의 나무라는 표현에 너무 집착하는 게 아닌가 싶어."

"그게 무슨 말이야?"

아라시야마의 물음에 와인을 즐기던 쓰키시로가 되물었다.

"중요한 건 사람마다 불행의 정도가 다르다는 사실이야. 손가락이 문에 끼인 사람도 있었고, 스마트폰을 잃어버린 사람도 있었어. 쓰바키는 건강이 나빠졌지. 이렇게 차이가 나는 이유가 뭘까?"

"아, 그러고 보니 그렇네. 좀 상관없는 이야기지만 와인 잘 어울린다."

"고마워. 거기에서 힌트를 얻어 추측해보면 한 가지 가설을 세울 수 있어. 이 분재는 저주의 나무가 아니라 오히려 행복을 가져다주는 마법 도구라는 가설."

"행복?"

쓰바키가 무심코 되물었다.

"식물이 광합성해서 이산화탄소를 산소로 바꾸는 것과 비슷해. 이 나무는 우리에게서 행복을 흡수한 뒤 그걸 쓰바키에게 나눠주지 않았을까 싶어."

"어, 잠깐만. 쓰바키의 병세가 나빠졌는데도?"

"그게 착각인지도 모르지. 극심하게 악화됐을 수도 있는 쓰바키의 병세를 이 나무가 힘을 발휘해서 천천히 나빠지게 만들어준 게 아닐까?"

아라시야마도 쓰바키도 할 말을 잃은 듯했다. 쓰키시로가 계속 설명했다.

"이 분재는 여러 사람의 손을 거쳐 여기까지 왔어. 마법의 세계에서 나무는 숭배의 대상이야. 지금껏 많은 사람이 이 나무에 대고 누군가가 건강하기를 빌어왔을 가능성이 높아. 그러다 누군가의 마음에 영향을 받아 마법 도구가 됐겠지. 행복을 준다는 소문이 나면서 나무는 어느덧 고가에 거래됐을 거고. 그렇게 여러 사람을 거쳐 아라시야마의 할아버지에게까지 왔다면? 돌아가신 할아버지가 집안에 불행한 일이 벌어질 때마다 기뻐한 데는 다 이유가 있었던 게 아닐까?"

"설마……. 할아버지가?"

"가끔 듣는 이야기 있잖아. 병든 손녀를 위해 무슨 일이든 하겠다는 심정으로 기도하는 노인의 이야기 같은 거. 비슷한 거겠지."

"하지만 할아버지는 우리를 싫어하는 줄 알았는데……."

"그건 너희들 생각이겠지. 까칠한 분위기 때문에 겉으로는 그렇게 느껴졌어도 속마음마저 그런지는 모르는 거니까. 그걸 제대로 알아볼 용기는 있어?"

그렇게 말하며 쓰키시로는 반투명 장갑을 벗었다. 빛나는 달빛과 깜빡이는 별빛을 받으며 우주의 안쪽에서 흰 피부가 드러났다. 밤에 휩싸인 그녀의 머리카락이 찰랑거렸다.

"내 마법을 쓰면 이 분재에 깃든 기억을 해방해서 할아버지의 진실을 알 수 있을 거야. 물론 지금까지 한 이야기는 어디까지나 가설이야. 만약 이게 잘못된 가설이어서 처음 우리가 추측한 대로 이게 저주의 나무가 맞다면 다음에 무슨 일이 벌어질지알 수 없어. 그런 위험을 무릅쓰고도 마법을 사용할 건지 여부는 너희들이 결정해. 하지만 나는……."

거기서 쓰키시로는 잠시 말을 멈추었다가 이내 망설임을 끝내고 입을 열었다.

"나는 믿고 싶어. 손녀를 사랑한 할아버지의 마음이라고."

쓰키시로의 얼굴에 어쩐지 근심이 드리워진 것 같았다. 무언가가 떠올라 안타까우면서 동시에 용서하는 듯한 표정이었다. 그 표정의 의미를 나는 지금도 알 수 없다.

쓰키시로의 표정에서 아라시야마도 무언가를 느꼈는지 정면을 응시하며 말했다.

"좋아. 마법을 사용하자. 나도 마법을 믿으니까."

"괜찮겠어? 내 가설이 잘못된 거라면 무슨 일이 벌어질지 모르는데."

"괜찮아. 쓰키시로는 자신 있으니까 우리를 여기로 오라고 한 거잖아. 나는 쓰키시로를 믿어."

"우리 알게 된 지 얼마 안 됐는데 나를 믿는다고? 너도 알잖아. 나 소문 안 좋은 거."

"그런 거야 상관없고."

쓰키시로의 말을 끊으며 아라시야마가 말했다. 아라시야마의 눈동자에는 옅은 후회가 묻어 있었다.

"사실 할아버지가 돌아가셨을 때 나와 쓰바키는 엄마가 엉엉 우는 모습을 봤어. '좀 더 일찍 솔직했더라면.' 하면서 우시더라고. 엄마도 사실은 할아버지와 화해하고 싶었던 게 아닐까. 하지만 할아버지의 마음을 계속 의심해서 먼저 다가갈 용기를 내지 못했던 거겠지. 그 일 이후 난 이렇게 생각하게 됐어. 무엇이든 믿고 시작하자. 마법도 마찬가지고 쓰키시로에 대해서도 소문보다는 실제로 내가 만나보고 느낀 게 중요해. 실제로 만난 쓰키시로는 소문과 다른 사람이었어. 소문보다 훨씬 차갑고 음침하고 성가신 성격이지만, 그래도 엄청 재미있고 성실한 사람이더라고. 무엇보다 쓰바키의 건강을 생각해줘서 고마웠어. 그래서 난 쓰키시로를 믿어. 무슨 일이 있어도 후회하지 않아."

아라시야마는 밤하늘 아래 소란스러운 별들에 둘러싸여 자신의 마음을 털어놓았다. 그 말에 쓰키시로도 붉어진 얼굴로 입을 열었다.

"나를 너무 과대평가하는 거 같은데. 그렇게까지는……, 이라고 할 줄 알았지? 내가 어디가 성가셔?"

"저럴 때 진짜 귀여워. 그래서 도노도 시급 300엔을 받고도 폴라리스에서 일하는 거겠지."

"뭐야, 갑자기? 나 좀 거기에 엮지 마."

젠장. 얘는 왜 이렇게 쓸데없는 말을 많이 하는 거야. 곁에 있던 쓰바키가 말을 이었다.

"저는 마법같이 어려운 건 잘 모르지만 언니의 결단을 믿고 싶어요. 아파서 힘들거나 괴로울 때 늘 언니가 옆에서 용기를 줬거든요."

"쓰바키, 아이고, 예뻐라. 이 녀석."

아라시야마는 기쁘다는 듯 쓰바키를 끌어안고 쓰다듬었다. 쓰바키는 약간 수줍어하면서 흐뭇해했다.

"그럼 시작해볼까? 도노, 시간은 괜찮아?"

"응, 3시 33분까지 1분 남았어."

쓰키시로의 신호를 시작으로 드디어 우리는 진실에 손을 뻗을 준비를 마쳤다. 쓰키시로가 허공에 왼손을 내밀자 아라시야마가 쓰바키의 어깨를 감쌌다. 쓰바키는 진지한 얼굴로 쓰키시로를 바라보았다. 나는 어느새 엄마에게 기도하고 있었다. 부디 바라는 대로 되게 해주세요. 제발.

"시간이 됐어. 갈게."

새벽 3시 33분, 쓰키시로의 왼손이 쓰바키에게 닿았다. 마음 속의 기억이 해방됐다.

기억의 소용돌이가 넘쳤다. 기분이 좋은 것 같기도 하고 아닌 것 같기도 하고 이상했다. 해방된 분재의 기억이 우리 쪽으로 흘러 들어왔다. 마음의 소용돌이가 일어나면서 머릿속에 오래 전 기억이 떠올랐다. 이건 언제적 일이지?

아주 오래전으로 보이는 어느 시대, 사람들이 열심히 분재에 대고 기도를 하고 있었다. 할아버지와 할머니가 손자와 손녀를 위해 기도했다. "제발 우리 손자 병을 낫게 해주세요. 나는 어떻게 되어도 상관없어요." 마음을 다한 기도였다.

시간이 흘러 이번에는 다른 곳에서 노인이 손자를 위해 기도하고 있었다.

드디어 분재의 비밀이 풀렸다. 이 분재는 수십, 수백 명의 염원이 담겨서 마법 도구가 됐다. 죽지 않는 이 나무는 불행을 뿌리는 대신 행복을 흡수해 그것을 필요로 하는 사람에게 주었다. 모두가 이 나무에 고개 숙여 감사했다.

장면이 바뀌었다. 한 노인이 기도하는 모습이 보였다. 주변 풍경으로 미루어볼 때 비교적 최근 같았다.

"제발 손녀가 건강해지기를 바랍니다. 제발 우리 쓰바키의 병이 낫기를."

들린다. 이 사람인가.

넘치는 기억이 흘러들었다. 가족들과는 잘 어울리지 못하는 것 같았다. 누군가와 싸우는 모습이 자주 보였다. 하지만 아무리 기분이 나쁜 날에도 밤이 되면 간절히 기도를 했다.

한 남성이 지갑을 잃어버렸다고 투덜거린다. 할아버지가 기뻐한다. 한 여성이 손가락을 다쳤다며 아파한다. 할아버지가 기뻐한다. 저 소녀는 혹시 어린 시절의 아라시야마인가. 고백을 했는데 거절당했다며 짜증을 부린다. 할아버지는 무척 기쁜 표정이다.

이것이 모두 쓰바키와 관련 있는 것일까. 뜻밖에 쓴웃음을 지었다. 아, 이건 사실은 행복한 풍경이 아닐까.

가족의 불행을 기뻐했던 까칠한 할아버지의 본심에는 그 누구보다도 가족을 사랑하는 마음이 있었다. 끝없는 사랑을 덤덤히 품은 사람. 그 사랑이 쓰바키에게 기적을 가져다주었다.

장면은 어느 밤의 풍경으로 전환됐다. 분재에서 빛이 났다. 빛은 두둥실 떠다니더니 병원 침대에 누워 신음하는 쓰바키에게 쏟아져 내렸다. 잠든 쓰바키의 표정이 부드러워졌다. 다음 날 병세가 악화됐다고 말하는 담당 의사의 목소리가 들린다. 하지만 불행 중 다행으로 간신히 버티고 있다고 했다. 그 이유는 분명하다.

할아버지의 기도 소리가 무심히 퍼져가는 가운데 기억의 소용돌이가 서서히 사라졌다.

"하……."

의식이 돌아왔다. 뇌와 시계가 다시 연결됐다. 주위를 들러보니 병원 옥상이었다. 짧기도 하고 길기도 한 꿈을 꾼 기분이었다. 모두 같은 기억을 보고 있었던 모양인지 다들 멍하니 할 말을 잃은 상태였다. 가장 먼저 몸을 움직이기 시작한 사람은 쓰키시로였다. 쓰키시로는 안고 있던 화분을 내려놓더니 입을 열었다.

"아무래도 내 말이 맞는 거 같은데. 이게 진실이야."

그 말에 아라시야마가 고개를 끄덕였다.

"날 부축하고 있었어, 할아버지가."

멍하니 중얼거리는 쓰바키의 표정은 무언가를 뉘우치는 것 같았다. 쓰바키는 말없이 고개를 숙였다. 자매의 마음을 다독이듯 쓰키시로가 이야기를 시작했다. 그 소리는 아득한 달보다 더

멀게 들렸다.

"마법 도구에도 자아가 있어. 만물이 가진 찰나의 의지가 마법 도구에 깃들어서 확고한 자아로 자라나는 거야. 이 분재는 상당히 뛰어난 마법 도구인 것 같아. 수많은 고귀한 마음을 계속 담아왔기 때문이겠지. 지금까지 쓰바키 곁에서 든든하게 쓰바키의 건강을 지켜주고 있었나 봐. 할아버지가 돌아가신 지금도 기도한 사람의 유지를 이어가기 위해서 마법을 발휘하고 있었어."

쓰키시로는 자신의 역할을 다했다는 듯 철제 의자에 앉아 다시 잔에 와인을 따르기 시작했다. 그리고 내게 손짓하더니 자신의 어깨를 가리켰다. 또 무슨 수작일까. 설마 일이 끝났으니 안마를 하라고 나를 부르는 건 아니겠지? 아니, 저건 부탁도 아니고 명령조다. 부탁이었다면 눈을 크게 뜨고 불쌍한 척이라도 했겠지. 지금은 위에서 내려다보는 듯한 눈빛이다. 분재에 얽힌 이야기를 마치자마자 나머지는 알아서 하라는 표정으로 내팽개치다니 일 참 쉽게 한다. 하지만 오늘만큼은 저런 성격이 다행인지도 모르겠다.

"언니, 이 분재 내가 키워도 될까?"

"뭐?"

쓰바키가 언니의 마음을 어루만졌다.

"할아버지가 살아 계실 때, 대화를 많이 못 했잖아. 이 나무를 할아버지라고 생각하려고. 할아버지가 날 응원해주셨으니까 포기하지 않고 앞으로도 용기낼 수 있을 것 같아. 그리고 언젠가 내가 완치되는 날이 오면 이 나무를 다음 사람에게 맡기고 싶어. 이 나무는 그런 식으로 아득한 옛날부터 사람들의 손을 거쳐왔을 거야. 나도 그러고 싶어."

"그렇구나. 그것도 괜찮겠는데?"

동생의 손을 잡고 아라시야마가 짧게 중얼거렸다. 아라시야마는 하늘을 우러러보면서 아득히 먼 옛 기억을 떠올렸다.

"할아버지가 이 나무를 산 건 내가 열 살 때였나. 하여간 아끼던 분재를 다 팔고 빚까지 져서 샀어. 그 후로 할아버지는 손녀에게 주는 그 흔한 세뱃돈 같은 것도 주지 않았어. 악착같이 돈을 모으고 계셨나 봐. 내가 동아리 활동을 하다가 뼈가 부러져서 입원했을 때 병원에 오지 않은 사람은 가족 중에 할아버지 뿐이었어. 그때도 기도를 하고 계셨을까? 할아버지는 자주 다치셨는데 어디서 그렇게 다치셨냐고 물어봐도 그냥 넘어졌다고만 했어. 성격이 고약해서 벌을 받았나 보다 생각했는데, 그것도 역시……."

아라시야마는 울고 있었다. 뉘우침, 감사, 말할 수 없는 다양한 감정이 혼재되어 있었다. 별이 총총히 떠 있는 어두운 하늘은 우리의 시간과 함께 조용히 흐르고 있었다. 가족을 향한 무한한 사랑의 마음이 하늘에 살포시 포개지는 듯했다.

아라시야마의 눈가에는 어느새 투명한 이슬 방울이 맺혀 있었다. 그녀는 손으로 눈물을 훔치더니 동백 분재를 끌어안았다. 동백나무에서 구슬 빛이 두둥실 떠올라 아라시야마에게 쏟아져 내렸다. 나는 그것을 보고 가볍게 숨을 내쉬며 쓰키시로의 어깨를 주물러주었다. 가녀린 어깨는 힘을 주면 부서질 듯했다. 옷 너머로 따스함이 밀려왔다. 어쩐지 기분이 좋았다.

"잘하네. 시원하다."

"엄마 어깨를 많이 주물러드렸거든. 몸이 기억하나 봐."

"그렇구나. 그래서……."

"응? 뭐가?"

"아니야, 아무것도."

쓰키시로는 무슨 말을 하려던 걸까. 알 수 없지만 별로 신경 쓰이지 않았다. 내 속마음이 전해지지는 않겠지만 전해져도 상관없었다. 마법의 신비가 둘러싼 밤. 빛나는 별들이 우리의 앞날을 지켜보고 있었다.

그날의 뒷이야기를 조금 해보려고 한다.

평화로운 시간을 보내고 있었지만 그렇다고 언제까지나 옥상에 있을 순 없었기에 서둘러 움직였다. 쓰바키는 병실로, 우리는 각자의 집으로 향했다.

그리고 아침. 잠이 부족해서 수업에 빠질까 생각하다가 일요일이라는 사실을 깨달았다. 다행이다. 순간 기뻤다. 그런데 오늘 골동품 가게 아르바이트는 어떻게 할까. 나갈까? 말까? 일요일에도 골동품 가게는 정상 운영한다. 정신을 차려보니 이미 외출준비를 마친 상태였다.

점심때가 지나 가게에 도착했다. 계산대 안쪽 의자에는 여전히 두꺼운 책을 읽고 있는 쓰키시로가 있었다.

"이번 건은 용기의 문제였구나."

평소처럼 앞치마를 두르고 쓰키시로의 뒤에 서서 나도 모르게 떠오른 말을 중얼거렸다.

"나도 가끔 아빠와 싸울 때가 있는데 내가 먼저 사과하려면 용기가 필요한 것 같아. 잘못한 사람이 누구인지 잘 모를 때는 더 그렇고. 나는 화해하고 싶어도 아빠가 그걸 원하지 않으면 대화가 꼬일 테니까."

"그렇지. 마음을 열면 상대방이 받아줬을지도 모르는데 마음을 열 용기를 내지 못해서 그대로 헤어졌다고 생각하면……. 특히 아라시야마의 어머니 이야기는 참 안됐지."

어릴 적 도덕 수업이 떠올랐다. 나는 친구의 이름을 썼는데 그 친구는 내 이름을 쓰지 않았다면? 그 프린트물 사건과 이번 건은 비슷한 면이 있다. 용기가 없으면 상처받는 것에 대한 두려움 때문에 누구의 이름도 쓸 수 없다. 하지만 용기를 내지 못한 결과가 이번 이야기라면, 그것 역시 슬픈 일이다.

내가 고민하는 문제를 쓰키시로가 콕 집어 말했다.

"마법이라는 건 그런 거야."

"뭐?"

내 물음에 카랑카랑한 목소리로 쓰키시로가 대답했다.

"마법은 후회나 미련 같은 감정을 바탕으로 생기는 경우가 많아. 나쁜 감정이 더 강한 힘을 발휘하거든. 이번에는 다행히 문제가 발생하지 않았지만 마법을 접하다 보면 가끔 견디기 힘든 장면도 보게 돼. 마법이라고 늘 멋지기만 한 건 아니야."

"……."

쓰키시로의 말이 의미심장하게 들렸다. 과거를 떠올리면 그녀가 마법을 싫어하는 이유도 어렴풋이 짐작이 간다. 하지만 마법에 대해 이렇게까지 단언하는 이유는 뭘까? 그 이유를 좀 더 알고 싶었다.

내 왼손을 바라봤다. 내 왼손에는 속마음을 오롯이 전달하는 힘이 있다. 엄마가 남긴 게 분명한 이상한 마법. 쓰키시로처럼 내 왼손에 깃든 마법도 사랑해서는 안 되는 능력일까? 답은 알 수 없다.

"안녕! 좋은 아침! 아라시야마 납십니다!"

"어서 오……. 뭐야? 너였어? 참 요란스럽다."

"어서 와. 가게에서 그렇게 시끄럽게 굴면 안 되지, 아라시야마."

생각에 잠긴 나를 현실로 돌아오게 한 건 여전히 부산스러운 아라시야마였다. 명랑한 그녀는 잔소리 따위는 아랑곳하지 않고 가게로 들어왔다. 그러고서는 계산대 안쪽에 과자 상자를 놓았다.

"어제는 정말 고마웠어. 이건 푸딩이야. 진짜 맛있는 거야. 병문안 올 때 다들 젤리나 푸딩 같은 걸 사 오잖아. 쓰바키가 혼자 다 먹을 수 없어서 가져왔는데 오다가 엉망이 됐어. 그리고 오늘 아침 병원에 다녀왔는데 쓰바키는 건강 상태가 아주 좋아졌어. 그런 말 있잖아. 건강은 마음먹기에 달린 거라고. 두 사람에

게 고맙다고 전해달라기에 건강하게 퇴원해서 직접 말하라고
했어. 하, 나 진짜 멋진 언니 아니니?"

"하……."

이 정도면 시끄러운 정도를 넘어섰다. 온갖 정보를 미주알고
주알 털어놓던 아라시야마는 상자를 열어 푸딩을 꺼내 먹기 시
작했다. 선물로 갖고 와서는 본인이 먼저 먹는다니. 그녀답게
빠르고 산만하다. 나와 쓰키시로의 한숨 소리가 겹쳤다.

"넌 동생의 얌전한 모습을 반만 닮아도 좋을 것 같아."

쓰키시로는 할 말이 없다는 표정으로 투덜거렸지만 두 눈은
푸딩을 향하고 있었다. 밥 먹기 전, 기다리라는 주인의 말을 들
은 강아지 같았다. 이런 말을 들으면 발끈 화를 낼 테니 굳이 말
할 필요는 없으리라.

"그런데 이번 일을 엄마한테 말씀드리고 싶은데, 어떻게 설명
하면 좋을까? 그 분재가 사실은 할아버지였대요, 그렇게 말해도
될까?"

"그렇게 말하면 어떻게 이해하시겠어? 설명을 더 해야 할 것
같은데."

"넌 아무 말도 하지 말고 여동생에게 맡기는 게 현명하다고
봐."

우리 셋은 디저트를 먹으며 수다를 떨었다. 딱히 의미도 없고 내일이 되면 생각도 나지 않을 시답지 않은 말들이었다. 하지만 그 시간이 무척 소중하게 느껴졌다. 평화로운 공기가 우리를 감싸고 있었다.

하지만 잠시 뒤, 아라시야마가 평화를 깼다.

"있잖아, 내 친구 커플이랑 같이 놀러 가기로 했는데 아무리 생각해봐도 이렇게 가는 건 아닌 거 같아. 둘이서 붙어 다니면서 나를 약 올릴 게 뻔하잖아. 그래서 말인데, 쓰키시로도 같이 가자. 같이 가서 남자 친구 있는 애들을 혼쭐내주자."

"싫어. 귀찮아. 내가 그런 데를 왜 가?"

"친구잖아. 부탁이야. 가자아앙."

"뭐어?"

나와 쓰키시로가 합창했다. 너무나 합이 잘 맞아 아라시야마도 흠칫 놀랄 정도였다. 하지만 우리는 합을 따질 때가 아니었다.

"잠깐만, 방금 친구라고 했어?"

"어. 그게 왜?"

"친구? 넌 친구가 뭔지 알고 말하는 거야?"

"뭐? 와, 앞치마 너 지금 무슨 소리 하는 거야? 당연히 알지.

나와 쓰키시로가 친해졌다는 거지."

"친, 친구인가? 나랑 너랑?"

"같이 푸딩을 먹었잖아. 그럼 친구지."

"하, 하지만 난 왼손이 닿으면 네 생각을 훤히 들여다보는 사람이야."

"아, 그거? 뭐 괜찮아. 내 생각을 들킨다고 해서 곤란할 일도 없고."

"괘, 괜찮다고?"

"괜찮아. 주로 이상한 생각밖에 안 하지만 궁금하면 마음대로 들여다봐. 그보다 그런 반응을 보니 쓰키시로 너 혹시 진짜로 친구 없어?"

"음…… 그러면 안 돼?"

"후후. 딱 좋아. 그렇다면 내가 친구 1호가 돼서 좋은 것들을 많이 가르쳐줄게."

"잠깐만. 잠깐만!"

정신을 차리고 보니 나는 우정을 싹틔우려는 두 사람 사이에 끼어 있었다. 대체 무슨 일이 벌어지고 있는 걸까? 이 두 사람이 친구라니. 그리고 1호라고? 1호는 나 아닌가.

"기다려, 아라시야마. 여기서 급하게 결론 내리지 말고 차분하게 생각해보자고."

내가 다급하게 말했다.

"뭐야? 내가 쓰키시로와 친구가 된다고 해서 문제될 건 없잖아."

"맞는 말인데 결론을 급하게 내리지는 말라는 거야."

"혹시 그런 건가? 쓰키시로의 친구는 너 하나면 충분하다고 말하고 싶은 거야?"

"아니, 그런 건……."

"그래?"

이런, 큰일이다. 뜻밖의 타이밍에 예상치 못한 공격이다. 아니, 그게 아니라…….

"아, 그게 아니면 도노 너도 나와 친구가 되고 싶은 거야?"

"뭐? 그런 말은 안 했는데. 누가 너처럼 시끄러운 애랑……."

"부끄러워하지 마. 히히히. 우리도 이미 친구니까."

"뭐? 아니, 무슨."

대체 일이 어떻게 되어가는 걸까. 아라시야마가 낄낄거리며 내 팔에 매달렸다. 갑자기 훅 끼쳐오는 여성의 체취에 정신이 혼미해졌다. 그만 좀 해라.

"걱정하지 마. 내가 너의 친구 1호가 되어줄 수 있으니까."

"그만 좀 해. 제발 좀 떨어져."

"너희들! 여기는 내 가게야."

뇌가 거의 블루 스크린에 가까운 상태가 되어버릴 때쯤 쓰키시로가 서슬 퍼런 얼굴로 고함을 쳤다. 후회해도 평화는 오지 않았다. 세상은 참 나에게만 관대하지 않다.

"뭐야? 쓰키시로, 왜 그렇게 화를 내?"

"아라시야마, 도노는 지금 근무 중이야. 우리 가게 직원에게 이상한 짓 하지 마."

"호오, 그러니까 나의 도노에게 손대지 말라는 거야?"

"그렇게 말 안 했어. 누가 이런 과묵한 변태를 좋아한데?"

쓰키시로는 자신의 영역을 침범당한 강아지 같은 얼굴로 두꺼운 책을 펼쳐 들었다. 장난이 너무 심했나. 아라시야마가 진심으로 사과했지만 쓰키시로의 분노는 가라앉지 않았다. 아라시야마는 도망갈 때를 아는 것처럼 줄행랑치고 쓰키시로는 한 손에 책을 든 채 쫓아다니기 시작했다.

"이 불행은 워낙 어마어마해서 쓰바키의 병이 단번에 낫겠는데. 도망갈 테면 도망가 봐."

좁은 가게 안에서 쫓고 쫓기는 두 여성. 이게 뭔가. 얼빠진 풍경을 보며 한숨을 내쉬었다.

문득 이런 생각이 들었다. 어쩌면 그 나무는 행복을 흡수할 대상을 찾고 있었던 게 아닐까? 병실에는 쓰바키 말고도 환자가 세 명이나 더 있지만 그들은 불행을 겪지 않았다. 그러니까 어느 정도 행복한 사람만 분재의 표적이 되는 것인지도 모른다. 그렇다면 불행을 겪은 나와 쓰키시로는 어쩌면…….

"기다려라…… 제, 하아……기, 기다려……."

"쓰키시로, 너무 저질 체력 아냐? 가게를 두 바퀴 돌았다고 그렇게 숨이 차?"

4월의 출구와 5월의 입구가 보이는 상쾌한 하늘 아래, 숨이 찬 쓰키시로와 빛나는 미소의 아라시야마를 번갈아 보며 나는 계절의 변화를 느끼고 있었다.

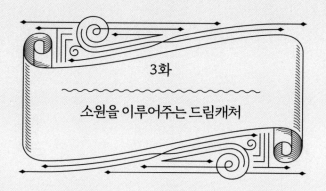

3화

소원을 이루어주는 드림캐처

열쇠 꾸러미의 봉인을 푼 탓일까. 그날 이후 꿈에 자주 옛날 일이 나온다. 내용은 아주 단순하다. 엄마와 아빠와 내가 있다. 세 가족의 무탈한 시간들이 평화롭게 지나간다. 그 시절이 얼마나 소중했는지 알게 된 지금, 이런 꿈은 참 소중하다.

꿈속에서 엄마는 웃고 있다. 내게도 아빠에게도 늘 미소를 잃지 않는다. 어쩌면 내 앞이라서 웃으려고 노력한 건지는 모르지만, 그렇다고 그 미소가 거짓이라고 생각하지는 않는다. 꿈속에서 우리 가족은 모두 행복한 표정이다.

행복한 꿈은 갑자기 전환된다. 다시 엄마가 죽고, 나 혼자 멍하니 서 있는 장면으로 밤이 끝난다. 늘 여기서 꿈이 끝난다. 캄캄한 어둠이 세상을 뒤덮는다. 어둠 속에 있는 무언가가 묻는다. 앞으로 벌어질 일을 감당할 수 있겠느냐고. 무슨 말이지?

흔들리는 풍경 속에서 옅은 눈꺼풀을 열었다. 마치 물거품처럼 꿈에서 본 모든 것이 사라졌다. 커튼 사이로 들어오는 아침 햇살이 나를 깨웠다.

후우.

얇고 긴 한숨과 함께 기묘한 감정이 뱉어져 나왔다.

어느덧 5월이 되었고 대학교는 황금연휴를 맞아 짧은 방학에 들어갔다. 많은 학생이 이 시기에 여행을 떠나거나 동아리 활동에 몰두하지만, 내게 그런 계획이 있을 리 없다. 갑자기 친구가 생길 리도 없다. 결국 집에 내려가 아버지와 평범한 연휴를 보내기로 했다. 전화로 말씀드리기는 했지만, 엄마에 관한 기억을 되찾았다고 아버지의 얼굴을 마주보며 이야기하고 싶었다.

아버지는 나를 평소와 다름없이 맞아주었다. 하지만 엄마 이야기를 꺼내자마자 눈빛이 달라졌다. 아버지 나름대로 생각이 있으셨겠지 했던 것도 잠시. 그런 건 아닌 모양이었다. 그저 쓰키시로에 대해 궁금할 뿐이었다. 그러고 보니 두 사람이 만난 적 있다는 사실이 떠올랐다.

이야기는 시종 쓰키시로에 관한 것으로 흘렀다. 세상에는 마법이라는 것이 있고 쓰키시로는 마법사라고 설명했다. 내 이야기를 들은 아버지는 "그런 게 있었구나." 하고 놀라는 한편 "꽤 예쁜 아이였는데."라는 말을 수십 번 중얼거렸다. 아버지, 자꾸 혼잣말하지 마세요. 괜한 기대도 마시고요. 그런 전개는 불가능하다고 딱 잘라 말했다.

그리고 잠시 뒤, 가까스로 엄마 이야기를 꺼냈다. 이러쿵저러쿵 설명하기가 뭐해서 이제는 다 괜찮아졌다고만 말했다. 아버지는 기뻐했다. 조금은 쓸쓸하신 것도 같았다. 기억 속에서 본 엄마는 젊었지만 눈앞의 아버지는 많이 늙었다. 좀 더 자주 내려올걸.

그렇게 연휴가 지나가고 다시 일상이 찾아왔다. 일상은 여전했다. 평소와 다름없이 혼자서 수업을 듣고, 수업이 끝나면 골동품 가게로 향했다. 그곳에서 도착하면 당연하다는 듯 무표정한 얼굴로 책을 읽는 쓰키시로가 있다.

"한가하네, 쓰키시로."

"그러게, 도노."

어느 날 오후, 우리는 의미 없는 대화를 나누고 있었다. 이날도 가게에는 손님이 없었고, 밖에서는 하교하는 초등학생들의 왁자지껄한 소리가 들렸다. 평온하고 한가로운 시간. 그러나 난 남몰래 고민을 안고 있었다.

아라시야마의 일을 해결한 지 열흘이 다 되어가는데도 마법 도구에 관한 의뢰는 한 건도 들어오지 않았다. 물론 골동품 가게를 찾아오는 손님도 없기는 마찬가지였다. 가게 영업 시간은 그야말로 사장 마음. 한 푼도 못 벌어서 아르바이트비는 어떻게 주려고 그러는지. 이런 생각을 털어놓지 못하는 이유는 최근에 생긴 고민 때문이다. 대체 그게 뭐냐면…….

"쓰키시로, 연휴에 어디 좀 다녀왔어?"

"응."

"쓰키시로, 오늘 지구과학 시간에 정말 재미있었지? 너는 어땠어?"

"응."

"……쓰키시로, 내 아르바이트비 말인데 이제 받을 때가 되지 않았나?"

"응."

"저기…… 아빠가 너를 며느리 삼고 싶다고 하더라. 그것도 나쁘지 않다고 생각하지?"

"그건 정말 싫어."

'젠장. 그렇구나. 말할 줄 알면서 왜 매일 응 타령이야.'

화를 삼키며 한숨과 동시에 불끈 주먹을 쥐었다.

그러니까 요즘 내가 안고 있는 고민이란 쓰키시로가 줄곧 저기압이라는 것이다. 이제는 저기압 정도가 아니다. 짝짓기 중에 수컷을 잡아먹는 암컷 사마귀 수준이다. 하지만 내게는 잘못이 없다. 고로 반성할 수도 없으니 기분을 풀어줄 도리가 없다. 뭐, 이것도 쓰키시로가 저기압인 이유 중 하나다.

"안녕. 두 사람 모두 잘 지냈어?"

"어서 오세요. 뭐야, 또 너야?"

"뭐야. 또 둘이 같이 있네. 뭐 친하게 지내면 좋지."

술 취한 사람처럼 요란한 인사와 함께 문을 열고 들어온 사람은 아라시야마였다. 오늘도 명랑하고 활기찬 그녀는 당연하다는 듯 계산대 앞 의자에 앉아 잡담을 시작했다.

저주의 나무가 아닌 행복의 나무로 결론이 난 그 사건을 해결한 이후, 그녀는 가게에 자주 놀러온다. 나나 쓰키시로와 달리 아라시야마는 아르바이트와 동아리 활동으로 늘 바쁘지만, 그런 와중에도 시간을 내서 얼굴을 비쳤다. 딱히 찾아올 만한 이유는 없었다. 주로 쓰키시로와 시시한 대화를 나누기 위해서 오는 것 같았다. 그걸 알고 있는 나는 고개를 숙이고 있을 수밖에 없었다. 짐작하겠지만, 쓰키시로가 기분이 나쁜 이유는 바로 아라시야마 때문이다.

"참, 다음번에 말이야. 도노, 너희 집에 좀 있어도 돼?"

"왜?"

"가끔 친구랑 술 마시다 막차 놓쳤을 때, 학교 근처에 잘 곳이 많을수록 좋잖아. 괜찮지?"

"단호히 거절한다. 너 같은 여자를 방에 들일 수는 없지."

"아, 왜? 네가 집에 여자를 들였다고 소문나는 거 말고 문제 될 게 더 있어?"

"맞아. 그래서 거절하는 거야."

"난 별로 신경 안 쓰는데. 야, 부탁 좀 하자. 내가 친구 1호 잖아."

"야, 그만해. 나한테 달라붙지 좀 마."

"달라붙는 게 아니라, 매달리는 건데. 부탁이야, 도노에몽."

"그게 그거지 뭐가 달라? 그리고 나는 로봇 고양이가 아니 거든!"

'젠장, 또! 이게 제일 싫어.'

거침없이 스킨십 해오는 아라시야마를 외면하고 쓰키시로를 보니, 예상대로 그녀는 불쾌하다는 분위기를 마구 뿜어내고 있었다.

쓰키시로는 나와 아라시야마가 티격태격하는 걸 보면 언짢아했다. 구체적으로 말하면, 우리가 '친구'가 된 모습이 마음에 들지 않는 것 같다고 해야 하나. 아라시야마가 친구라고 말할 때마다 흠칫하는 게 보였다. 이유를 모르는 건 아니다. 나 역시 쓰키시로와 아라시야마가 친해 보이면 마음이 착잡해지니까. 그 이유를 굳이 생각할 필요는 없지만, 어쨌든 최근 그런 상황이 반복되고 있다.

"앗, 이제 아르바이트 갈 시간이다. 두 사람 다 안녕."

"정말이지…… 태풍 같은 여자애라니까."

아라시야마는 가게를 온통 휘저어놓고 갔다. 남겨진 우리 사이에는 서먹서먹한 기운이 흘렀다. 하아……, 대체 어떻게 해야 하는 거야. 내가 잘못한 게 아니니 나도 어떻게 할 방법이 없는데. 그럼에도 나를 몰아붙이는 걸 보니 역시 얼음 공주다.

"도노, 내 생각인데."

"응, 뭐가?"

"내 유머가 안 먹히는 건 받아들이는 사람 문제라고 생각해."

"응, 상당히 참신하고 신선한 생각이다."

"IQ가 20 이상 차이 나면 서로 대화가 안 된다는 설이 있어. 그러니까 내 IQ가 너무 높아서, 다른 여자애들과 대화가 안 되는 것일 수도 있어."

"그럴 가능성이 없다고는 말 안 하겠는데, 그런 말을 공개적으로 하는 건 좀 아니라고 봐."

"이 설이 맞는지 알고 싶어서 지우개를 주워줬던 그 여자애한테 물어봤더니 완전 똥 씹은 얼굴이 돼서……."

"벌써 실천한 거냐……. 넌 왜 지우개를 주워주면서 개그를 하려는 거야?"

"그때 말고는 다른 사람과 엮일 일이 없으니까 그렇지. 그러니까 내가 무슨 말을 하려는 거냐면……."

"흠."

"그러니까 도노 너는 안 된다는 거야. 그렇지. 이거지, 이거."

"알겠는데, 쓰키시로. 일단은 '그러니까'라는 단어의 사용법에 대해서 논의해볼까?"

멍하니 있는 건지 기분이 나쁜 건지 아니면 시비를 걸려는 건지 알 수 없는 상황을 앞에 두고 나도 짜증이 솟구쳤다. 결국 그날은 나도 되받아치고 말았다.

"휴…… 대체 어쩌라는 거야?"

해 질 녘 집에 돌아가는 길, 자전거를 타면서 고민한들 해결 방법은 없다. 나는 혼자 고개를 숙였다.

그렇게 희뿌연 나날 중 어느 날, 돌연 그 사건이 발생했다.

"아야, 미안, 미안. 실례."

"뭐야?"

그날은 평소와 다름없는 수요일이었다. 평소와 달랐던 것은 오직 하나. 웬일로 쓰키시로가 학교 안에서 나를 불러내 가게를 봐달라고 부탁한 것이었다. 리포트를 작성하느라 도서관에 들러야 한다고 했다. 내가 찾기 쉽도록 화분 아래 열쇠를 숨겨뒀다는 말에 '그래서 어쩌라고?' 하는 생각이 들었지만 싸우기 귀찮아서 순순히 고개를 끄덕였다. 주인 없는 골동품 가게를 지키는 건 처음 있는 일이었다.

그날따라 웬일로 손님이 들어왔다.

"아, 네가 도노구나. 만나서 반가워. 잘 부탁해."

"아, 그래. 나도 잘 부탁해."

'뭐야? 얘는. 나를 어떻게 알지?'

평범한 옷을 입고 온 그 남자는 키가 나보다 약간 크고 반듯한 분위기를 풍겼다. 외모나 분위기로 보아 20대 초반쯤 됐을까. 말투가 조금 거슬리기는 했지만 예의를 갖춰서 딱히 불편하지는 않았다.

그럼에도 기묘하다고 생각한 이유는 쓰고 있는 모자에 고양이 귀가 붙어 있었기 때문이다. 나이깨나 먹은 성인, 게다가 남자가 고양이 귀 모자라니. 그런 생각이 들자 생글생글 웃는 입가와 부드러운 눈매까지 모조리 수상해 보였다. 일단 경계하는 것도 나쁘지 않을 것 같았다. 내 예감이 맞다는 생각이 든 건 바로 다음 순간이었다.

"아, 누구지? 그러니까 어떻게 나를 알고……?"

"말한다는 게 늦었네. 나는 크롤리라고 해. 마법협회의 크롤리. 내 이름 잘 기억해둬."

'뭐? 마법협회?'

뜻밖의 단어에 놀란 내게 크롤리가 명함을 내밀었다. 거기에는 '크롤리입니다♪'라는 장난스러운 자기소개와 함께 휴대폰 번호만 적혀 있었다.

"차근차근 설명할 테니 나에게 맡겨."

내가 당황한 걸 알아차렸는지, 크롤리는 설명을 시작했다. 그런데 그 목소리가 너무 상냥해서 오히려 경계심을 높였다.

"음, 잘 모르겠지만 일본에는 마법협회라는 조직이 있어. 간단하게는 미지의 분야인 마법을 연구하고 미흡하게나마 마법을 관리도 하는 단체라고 생각하면 될 거야. 마법은 사용하기에 따라서 굉장히 위험할 수도 있거든. 범죄를 막기 위해서라도 이런 조직은 꼭 필요해. 덧붙이자면 나는 여기서 간부를 맡고 있어. 폴라리스도 마법협회의 허가를 받아 운영되고 있어. 당연히 나는 주인인 다마키와도 아는 사이야."

크롤리는 나의 의심하는 눈초리를 눈치챘는지 스마트폰을 꺼내 화면을 켰다. 사진이 한 장 떠 있었다. 고양이 귀 모자를 쓴 크롤리와 그 옆에 선 쓰키시로였다. 주변에는 여러 명의 남녀가 보였다. 뭐지, 이게? 어떻게 된 거지? 늘 혼자인 쓰키시로가 교류하는 사람이 있다고? 정작 놀라야 할 대목은 그게 아닌지도 모르지만, 어쨌든 나는 그 사실이 가장 놀라웠다. 감상은 차치하고, 대체 이게 무슨 모임일까 한참 들여다봤다. 어딘가에서 식사를 하다가 찍은 기념사진이었다. 아니, 그전에 마법협회라는 게 정말 존재하는 건가? 사진만 봐서 크롤리라는 이 사람은 쓰키시로와 안면이 있는 게 틀림없어 보인다. 하지만……

그는 혼란에 빠져 있는 나의 침묵을 깼다.

"역시 그렇지. 도노, 너도 하루하루가 힘들지?"

"무슨 말이야?"

"여기서 다마키의 조수로 일하는 거 엄청 힘들 텐데."

"무슨 뜻이야?"

"다마키라면 알 만하지. 그 악명 높은 다마키의 조수이니 당연히……."

"……."

"그 이상한 개그를 매일 접해야 하는 거잖아. 얼마나 괴로울지 눈에 선하다고."

순간 지금까지 크롤리가 한 말들에 신뢰감이 높아졌다. 유머 감각이라고는 조금도 없는 쓰키시로의 개그를 매일 듣는 일은 실로 괴로웠다. 개그인지 아닌지조차 알 수 없는 쓰키시로의 말을 혼자 듣고 있자면 일부러 썰렁하게 만들어서 나를 가게에 나오지 않게 하려는 고도의 전략인가 하는 생각마저 들었다. 게다가 뭐라고 의견이라도 내면 마치 내가 천하의 나쁜놈인 것처럼 "알았어. 성차별. 여자들은 원래 유머 감각이 없다고 말하고 싶은 얼굴이잖아. 징역 10년."이라고 말하며 제멋대로 몰아붙였다. 그간의 마음고생을 알아주는 사람이 나타나니 의심이 눈 녹듯 사라졌다.

나는 금세 경계심을 풀고 크롤리에게 마음을 터놓았다. 대화를 나눠보니 재미있는 사람이어서 금방 시간이 지나갔다. 그렇게 한참 시간이 지난 후 크롤리가 문득 이런 말을 했다.

"야, 도노. 너 참 재미있는 사람이구나. 이야기를 더 나누고 싶지만, 벌써 시간이 많이 지났네. 이제 본론으로 들어갈까?"

"본론?"

본론이라는 말에 나는 맞은편에 앉아 있는 사람이 마법협회에서 나왔다는 사실을 새삼 떠올렸다.

"아, 그렇지. 하지만 아직 쓰키시로가 안 왔는데."

"걱정하지 마. 오늘의 용무는 너를 심사하는 거니까."

"뭐? 심사?"

할 말을 잃은 나를 앞에 두고 크롤리가 설명을 이어갔다. 마법 도구점 직원을 비롯해 어떤 형태로든 마법과 관련된 일에 몸담은 사람은 반드시 마법협회의 적성 심사를 받아야 한다고 했다. 오늘은 쓰키시로가 아르바이트생을 채용했다는 소식을 듣고 찾아온 것이라고 덧붙였다.

"이번 심사 대상은 너야."

"이건……."

질문할 새도 없이 크롤리가 가방에서 물건들을 꺼냈다. 보라색 구슬과 실, 파랑새의 깃털을 댄 손바닥 크기의 기묘한 소품이 있었다. 이게 뭐지? 색상 탓인지 섬뜩한 분위기가 감돌았다.

"이건 드림캐처라는 거야. TV에서 본 적 있지 않아?"

"있어. 좋은 꿈을 꾸게 해준다는 주술 도구잖아."

"맞아. 미대륙 선주민의 장식품으로 아주 유명하지."

드림캐처. 어디서 봤는지는 기억나지 않지만 존재는 알고 있다. 지름 10센티미터 정도의 원형 틀에 거미줄 모양으로 끈을 감고 그 주변에 깃털을 단 주술 도구. 머리맡에 드림캐처를 달아두면 좋은 꿈만 꾸게 된다고 알려져 있다. 물론 드림캐처를 달아두었다고 실제로 좋은 꿈을 꾸는지는 알 수 없다. 이 보라색 드림캐처에선 묘한 분위기가 흘렀다. 게다가 눈앞에 있는 사람이 마법협회인을 자칭하는 중이니.

"이건 마법 도구야?"

"맞아. 보통 드림캐처라고 불리는 이걸 머리맡에 달아놓으면 꿈속에서 너에게 알맞은 시련을 줄 거야. 그 시련을 근사하게 이겨내면 어떤 소원이든 이루어주지. 말 그대로 꿈 같은 힘이 깃들어 있어. 이번 심사에선 이걸 쓸 거야."

크롤리는 설명을 덧붙였다. 오늘부터 자기 전 머리맡에 드림캐처를 달아두면 꿈속에서 시련이 찾아올 것이다. 그걸 멋지게 극복하면 심사가 완료되고, 나는 마법 도구를 다룰 자격이 있는 사람으로 인정받게 될 것이다.

"어떤 소원을 이루고 싶은지는 네 마음이야. 다만 한 가지 부탁이 있어. 다마키에게는 비밀로 해줘."

"엇, 말하면 안 되는 거야?"

"이 마법 도구의 성격이 그래. 다른 사람에게 말하면 효과가 떨어져. 무엇보다 다마키는 마법사잖아. 의심하는 건 아니지만 다마키의 조언 없이 오로지 네 힘으로만 시련을 극복해야 돼. 부탁할게."

"그렇구나."

대답은 했지만 의심은 남았다. 나는 마법협회가 있다는 사실도 알지 못했고, 심사에 대해서도 들어본 적 없다. 쓰키시로는 왜 그런 일을 내게 설명하지 않았고, 이 심사는 왜 쓰키시로에게 비밀로 해야 하는 거지? 몹시 미심쩍었다. 하지만 방금 보여준 사진으로 봐서 크롤리와 쓰키시로가 아는 사이인 것은 틀림없었다. 미심쩍기는 했지만 크롤리는 나쁜 사람처럼 보이지 않았다. 왼손에 깃든 저주로 늘 사람들과 갈등을 빚어왔기 때문에 좋은 사람인지 나쁜 사람인지 첫인상으로 판단하는 건 자신이 있었다. 마법 도구와 심사라니 수상한 구석이 있긴 하지만 소원을 이루어준다니 매혹적인 제안이다.

나는 자연스럽게 대답했다.

"알았어. 한번 해보자. 하지만 성공하든 성공하지 못하든 끝나고 나서는 쓰키시로에게 꼭 말할 거야."

"물론이지. 그때는 나도 입회해서 같이 보고를 해야 돼. 그때까지는 부디 내가 여기에 왔다는 사실도 비밀로 해줘. 그럼 건투를 빌게. 좋은 결과가 있길 빌게."

그렇게 말하며 크롤리는 내게 마법 도구를 쥐어주고서는 사라졌다.

보라색 드림캐처를 바라보며 중얼거렸다.

"괜찮겠지?"

아무도 없는 가게 안에서 나의 혼잣말이 울렸다.

마법 도구를 건네받은 날 밤, 당장 그것을 사용해보기로 했다. 쓰키시로에게 비밀로 한다는 게 좀 꺼림칙하지만 나중에 말하면 문제될 건 없어 보였다. 새벽 1시, 머리맡에 드림캐처를 두고 침대에 누웠다. 마법 도구가 가까이에 있다고 생각하니 긴장돼 잠이 오지 않았다. 하지만 몇 분이 지나자 의식이 몽롱해지더니 잠의 세계로 빠져들었다.

'어?'

꿈속이다. 나는 대학교에 있었다. 커다란 강의실 한쪽 끝에 앉아 있었는데 그 감각이 너무 생생했다. 꿈 특유의 모호함도 없고, 심지어 꿈을 꾸고 있다는 사실을 분명히 느낄 수 있는 상태였다. 그런 가운데 충격적인 전개가 기다리고 있었다.

"안녕, 도노."

"안녕, 쓰키시로."

인사를 하며 내 옆에 앉는 사람은 쓰키시로였다. 이건 좀 놀랄 만하다. 천하의 쓰키시로가 나와 함께 수업을 받는다니! 이건 현실에서는 있을 수 없는 일이다. 게다가 어찌 된 영문인지 꿈속의 그녀는 평소와 분위기가 자못 달랐다. 구체적으로 말하자면 굉장히 사랑스러웠다. 평소처럼 "왜 그렇게 쳐다봐? 강간죄야."라며 공격하는 태도가 아니라 상냥하고 따뜻함이 깃든 눈빛으로 나를 바라봤다. 어리둥절할 수밖에 없었다. 한층 더 당혹스러워졌다.

"오늘 수업은 이게 마지막이네. 같이 가게에 가는 게 어때?"

"손님이 아무도 없어서 심심해."

"슬슬 문 닫자. 오늘도 저녁 같이 먹고 갈 거지?"

'뭐야? 이건…… 진짜 무슨 일이 일어나고 있는 거야?'

꿈속에서 하루가 지났다. 너무나 상냥한 쓰키시로에게 나는 할 말을 잃었다. 쓰키시로는 내가 알던 쓰키시로가 아니었다. 생글생글 웃는 얼굴로 온화하고 부드럽게 간질간질한 대사를 연발했다. 덤으로 가벼운 터치까지. 더 믿기 어려운 것은 그녀가 보통의 유머 감각을 갖추고 있다는 사실이었다. TV를 틀어놓고 함께 저녁식사를 하는데 그녀는 평범한 사람들이 할 법한 유머러스함을 보여주었다. 현실이라면 절대 있을 수 없는 풍경이다.

다음 전개는 더 믿을 수 없이 흘러갔다. 저녁식사를 마치고 잠시 쉬는 시간, 쓰키시로가 내 손을 잡았다.

"도노, 오늘 밤도 괜찮아?"

"응? 뭐가?"

"꼭 말로 해야 알아? 장난꾸러기. 빨리 가자."

그렇게 말하며 침실을 가리켰다. 쓰키시로의 사르르 녹을 듯한 눈동자가 나를 빨아들였다. 붉게 물든 뺨이 생각을 멎게 했고, 맞잡은 손이 심장을 뛰게 했다. 달콤한 호흡이 나를 유혹했다.

아니, 잠깐, 기다려.

"기다려, 쓰키시로! 그…… 오늘은 안 돼!"

그대로 꿈에서 깼다.

말도 안 되는 일이 일어날 것 같은 상황에 나는 소리를 지르며 벌떡 일어났다. 주위를 둘러보니 캄캄한 내 방이었다. 한밤중인 모양인지 위층 선배가 "시끄러워, 도노!"라고 소리쳤다.

아니, 방금 그 꿈은 뭐야…….

문득 눈에 들어온 드림캐처는 아무 일 없다는 듯 어두운 방에 우두커니 자리 잡고 있었다.

이런 게 시련인가 싶은 첫날이 지나갔다. 혹시 엄청난 시련이 갑자기 몰려오는 건 아닐까. 일단 둘째 날 밤에도 드림캐처를 걸어둔 채 잠이 들었다. 말해두지만 결코 음흉한 생각을 한 건 아니다. 둘러대는 말이 아니라 진심이다. 나는 쓰키시로에게 그런 욕구가 없으니까.

둘째 날 꾼 꿈도 내용은 비슷했다. 생각만 해도 부끄러웠지만 꿈속에서 우리는 연인 사이 같았다. 현실과 달리 꿈속에서 그녀는 늘 남자들이 좋아할 만한 말만 하는, 그야말로 이상형이었다. 나는 밤이면 어김없이 침실로 초대를 받았다. 그런 아슬아슬한 꿈 덕분에 자고 있는데도 잠들지 못하는 느낌이 계속됐다.

"도노, 상당히 졸려 보이네."

"그래?"

아르바이트 도중 쓰키시로가 갑자기 이렇게 물었다. 며칠이 지났는데도 이렇다 할 시련은 찾아오지 않았다. 오히려 야릇한 꿈 때문에 잠에서 깨기 싫었다. 시련은 대체 언제 시작되는 걸까. 깊이 잠을 자지 못하자 얼굴에 다크서클이 짙게 드리웠다.

가게 안에는 나와 쓰키시로 둘뿐이고, 그녀는 평소와 다름없이 저기압이었다. 갑자기 전날밤에 꾼 꿈이 떠올라 나는 얼굴이 빨개졌다. 안 돼, 생각하지 마. 그건 그냥 꿈일 뿐이야. 당황한 마음을 안정시키기 위해 나는 이런 말을 던졌다.

"쓰키시로, 부탁이 하나 있어."

"뭔데?"

"왠지 그냥 네 개그를 듣고 싶어졌어. 네 개그 들려줘봐."

"내 개그?"

"응, 전에 했던 IQ 이야기가 일리 있는 것 같아서. 너의 고차원적인 유머 감각을 이해해보고 싶어."

"좋아. 훌륭한 마음가짐이라고 생각해. 그럼 끝말잇기를 해보자."

"끝말잇기?"

"응, 친구끼리 끝말잇기를 할 기회가 생기면 꼭 말해봐야지 했던 단어가 있었어. 보통 끝말잇기는 '기'부터 시작하잖아."

"뭐, 그럴 때도 있지."

"하지만 나는 예상을 뒤엎고 '끝'부터 시작하려고 해. 끝말잇기의 '끝'부터. 그러면 일단 여기서부터 의외라고 생각하면서 피식 웃게 되지."

"……."

"심지어 내 개그에는 다음 단계가 있어. 내가 '끝'이라고 말하면 결국 다음 사람은 '끝말잇기'라고 말하겠지. 분명 그렇게 될 거야. 그럼 결국 '기'로 끝나잖아. 그럼 처음부터 '기'로 시작하면 됐을 텐데 굳이 '끝'부터 시작한 거 아냐? 이 무의미함을 깨닫고 나면 누구나 폭소를 터뜨리게 되지."

"……."

"이상, 여기까지가 내 개그야."

"음……. 동굴 안쪽의 깊은 호수 속으로 잠겨드는 것 같은 이 느낌은 뭐지. 역시 이게 본모습이었어."

관능적인 꿈을 꾼 뒤 잠깐 설렜지만 쓰키시로의 개그를 듣고 나니 완벽히 냉정을 되찾을 수 있었다. 이 모습이 진짜 쓰키시로다. 꿈에서 본 엄청난 모습은 가짜라는 걸 확실히 알겠다. 쓰키시로는 아까부터 "뭐야? 그 반응은. 마음에 안 들어!"라며 내 등짝을 휘갈겼지만 내버려두자. 그보다 지금은 생각해야 할 것이 있다. 역시 이 건은 쓰키시로에게 말하는 편이 나을까. 크롤리는 그 뒤로 소식이 없었지만, 그렇다고 해도……. 고민이 깊어졌지만 답은 찾지 못했다. 결국 쓰키시로에게 말을 꺼내지 못한 채 날이 저물었다.

집에 갈 시간. 오늘은 쓰키시로가 다른 날보다 기분이 더 안 좋아 보였다. 헤어질 때는 이런 말을 했다.

"도노, 이거 빌려줄게. 하고 다녀."

"팔찌야?"

"피로를 풀어주는 마법 도구야. 잠이 모자란 것 같으니 차고 다니라고."

"아, 그렇구나. 고마워."

무슨 바람이 불었는지 일을 마치고 집에 가려는 내게 쓰키시로가 팔찌를 내밀었다.

"착각은 하지 마. 고용인으로서 직원의 건강을 책임지는 것도 내 일이니까."

쓰키시로는 이런 말을 덧붙이며 가게 안쪽으로 사라졌다.

걱정을 끼친 모양이다. 기분이 안 좋은데도 나를 신경을 써주다니, 퍽 다정한 면도 있었네. 그래서 나는 더욱이 이 사건을 쓰키시로에게 숨기고 싶었다. 괜히 신경 쓰이게 하고 싶지 않았다.

'역시 쓰키시로에게는 말하지 말자. 내 힘으로 시련을 이겨내 보자.'

오른손에 팔찌를 차며 속으로 중얼거렸다. 나중에 생각해보니 일이 꼬인 건 이때부터였다. 쓰키시로에게 걱정을 끼치지 않으려 한 것이 오히려 화근이 됐다. 사태는 예상치 못한 방향으로 흐르기 시작했다.

'엇?'

그날 밤이었다. 나는 다시 드림캐처의 힘으로 꿈을 꾸고 있었다. 하지만 평소와 풍경이 달랐다. 그곳은 학교나 골동품 가게 폴라리스 아니라 내가 다녔던 초등학교였다. 그 사실을 깨닫자마자 온몸이 긴장됐다. 본능적으로 몸이 굳었다. 뭐야. 무슨 일이 일어나려고 그러는 거야. 교실 안에 멈춰 서서 잔뜩 경계했지만 걱정은 기우에 그쳤다.

"좋았어. 오늘도 힘차게 시작해볼까?"

'어, 아라시야마?'

대체 무슨 일이지? 교실 문을 열고 들어온 사람은 아라시야마였다. 책가방을 멘 앳된 모습이었지만 단발머리에 활기찬 표정이 분명 어린 아라시야마였다. 괜스레 기가 죽었다.

놀라운 건 그것뿐만이 아니었다.

"야, 도노. 너 어제 알림장 봤어?"

"그거 장난 아니었지."

"아, 아니. 그게……."

이건 또 뭐지? 주변에 있는 같은 반 친구들이 내게 아무렇지 않게 말을 걸었다. 친구를 대하는 듯한 자연스러운 태도로.

'이 꿈은 뭐지?'

내가 기억하기로, 지금 내게 말을 걸고 있는 이 녀석은 약한 친구들을 괴롭히기만 했던 못된 녀석이다. 나와 늘 티격태격했을 뿐, 친하게 지낸 기억은 없다. 그랬던 녀석이 내게 아무렇지 않게 다가와 말을 걸었다. 혼란은 여기서 그치지 않았다. 다그치기라도 하듯 다른 곤혹스러움이 나를 덮쳤다.

"엇?"

정신을 차려보니 교실이었던 풍경은 낯익은 본가로 바뀌어 있었다. 지금과 다른 가구 배치를 보니 초등학교 시절이라는 걸 알 수 있었다. 거실에 우두커니 서 있는 나와 그리고…….

"하루, 어서 와."

"엄마."

밝게 웃는 사람은 엄마였다. 침대 위에 누워 있지도 않고, 약

174

을 먹지도 않고, 아픈 기색도 느껴지지 않는 건강한 엄마가 거기에 있었다.

"왜 그래, 하루? 표정이 이상한데, 학교에서 무슨 일 있었어?"

"아니, 그게……."

영문을 알지 못한 나는 크게 당황해서 어쩔 줄 몰랐다. 하지만 엄마는 개의치 않고 나에게 다가와 다시 물었다. 공간에 대한 낯선 느낌이 점차 옅어졌다. 정신을 차려보니 나는 엄마와의 대화에 취해 있었다. 엄마는 싱글벙글 웃는 얼굴로 내 이야기를 듣고 맞장구치고 때로는 폭소를 터뜨렸다. 어느새 아버지도 대화에 합류했다. 우리는 함께 많은 대화를 나누었다.

"……."

얼마간의 시간이 지났을 때, 나는 눈을 떴다. 주위는 아직 어둠에 잠겨 있었다. 어둠 속에서 눈을 떠 드림캐처를 바라봤다.

"이건 대체……."

보라색을 띤 그것으로부터 정체 모를 무언가가 느껴졌다.

되짚어보면 나는 이때 무언가 이상하다는 사실을 알아차렸던 것 같다. 시련은 어디에도 없었다. 더 이상 미루면 안 된다. 쓰키시로와 의논해봐야 한다. 마음속 어딘가에서는 알고 있었다. 하지만 그러지 못했다.

꿈의 세계에서 펼쳐지는 풍경은 내가 바랐던 초등학교 시절의 모습이었다. 엄마가 있었고, 친구들과도 잘 지냈다. 그것만으로도 꿈의 세계에 빠져들기 충분했다. 어느덧 빨리 잠들고 싶어 최대한 빨리 일을 마치고 잠자리에 들게 됐다. 아침에도 최대한 늦장을 부리며 해가 중천이 되어야 눈을 떴다. 이래도 되나 싶은 생각마저 차츰 희미해졌다. 자고, 자고, 또 자고. 행복한 꿈에 잠겨서 잤다. 그리고 마침내 그날이 왔다.

"엇?"

어느 날 꿈속에서 있었던 일이다. 그날도 나는 행복한 세계에 살다가 정신을 차려보니 어둠 속에 있었다. 아직 잠에서 깨지 않았다는 사실을 본능적으로 알 수 있었다. 어떻게 된 거지? 그렇게 생각하자마자 눈앞에 어머니가 나타났다.

어머니는 차분한 목소리로 물었다.

"하루, 네가 선택하렴."

"선택? 뭘?"

어머니는 내게 투명한 잔 두 개를 내밀었다. 잔 안으로 기묘한 색상의 음료수가 쏟아졌다.

"이 파란색 물을 마시면 하루는 잠에서 깰 거야. 하지만 두 번 다시 이 꿈의 세계로 돌아오지 못해."

어머니의 말을 들으니 심장이 뛰었다. 다시는 돌아올 수 없다는 울림에 심장의 두근거림이 더 빨라졌다.

어머니는 다른 잔을 내밀었다.

"하루, 이 검은색 물을 마시면 영원히 꿈의 세계에 남을 수 있어. 하지만 절대 깨어나지 못해."

어머니의 두 번째 말에 나는 어느 정도 냉정함을 되찾았다. 아, 큰일 났다. 꿈에서 깼더니, 엄밀하게 말해 아직 깬 건 아니지만 이제 알 것 같았다. 저 마법 도구는 위험한 게 분명하다. 생각해보면 이상한 점투성이였다. 먼저 크롤리부터가 이상하다. 괴롭히는 사람도, 싸울 일도 전혀 없는 이 세계 역시 무척 이상하다. 무엇보다 어머니가 건강하다는 건 현실이 아니다. 내가 무의식중에 원했던 이상향의 세계가 연달아 펼쳐지고 있었다. 그러니까 내 마음을 거미줄처럼 옭아맬 올가미를 치고 있었던 셈이다.

그렇게 생각하니 눈앞의 풍경이 의미하는 바도 이해가 됐다. 이 꿈의 주인이라고 부를 만한 누군가가 존재한다면, 그는 지금이 적기라고 생각했을 것이다. 파란색 물을 마시고 눈을 뜰 것인가, 검은색 물을 마시고 꿈속에 남을 것인가. 비슷한 장면을 영화에서 본 기억이 있다. 나는 지금 갈림길에서 선택을 강요당한 것이다. 현실로 돌아갈 것인가, 꿈속에 남을 것인가.

'낚였다. 크롤리 이 자식, 절대 가만 안 둬.'

나는 당연히 파란색 물을 선택할 것이다. 누구의 악의인지는 모르지만 안됐군. 난 여기서 검은색 물을 선택할 만큼 현실이 싫지 않거든. 그러니 적기라고 할 수도 없다. 오히려 적당히 즐기고 꿈에서 깰 수 있어서 잘됐다. 냉정함을 유지한 나를 칭찬하며 잔을 들었다. 망설임 없이 꿀꺽 들이켰⋯⋯어야 했는데⋯⋯.

"엄마, 그런 얼굴 하지 마."

꿈인 줄은 알고 있다. 하지만 나는 쓸쓸해 보이는 어머니를 앞에 두고 움직일 수 없었다. 어머니는 애잔한 목소리로 말을 이었다.

"하루, 여긴 외로워. 깜깜하고 아무도 없고, 엄만 여기서 늘 혼자야. 아무 곳에도 갈 수 없고 아무것도 될 수 없어. 외롭고 슬프고 괴로워. 하지만 하루가 있으면 견딜 수 있어. 제발 여기 남아줘."

"말도 안 돼. 엄마가 아니라 가짜잖아."

마법 도구가 보여주는 환상의 산물이라는 사실은 알고 있었다. 그럼에도 망설이게 되는 건…… 마법의 힘 때문일까, 아니면 외로움 때문일까.

유혹에서 벗어나기 위해 목소리를 짜냈다.

"하지만 아빠가 혼자 있잖아. 아빠를 혼자 두면 안 돼."

"괜찮아. 아빠는 그렇게 둬."

"아니……."

그 말은 엄마가 가짜라는 사실을 증명하기에 충분했다. 눈앞의 엄마가 진짜 엄마가 아니라는 또 다른 증거였다. 역시 저 마법 도구는 위험하다. 앞에 있는 이 사람은 적이다. 아는데, 알고 있는데…….

"하루, 제발 엄마를 두고 가지 마."

"……."

정말이지 알 수 없는 일이었다. 머리로 마음으로 감정으로 눈앞의 모든 것이 속임수라고 느끼는데 몸이 움직이지 않았다. 마음은 의지대로 되는 게 아니라는 사실을 이제야 깨달았다. 난 역시 외로웠던 건가. 어머니와 이야기 나누지 않았던 그날을 줄곧 후회하고 있었다. 열쇠 꾸러미의 힘으로 어머니의 사랑이 거짓이 아니라는 걸 알았다. 그래서 나는 더욱…….

시야가 일그러졌다. 풍경이 바뀌고 학교가 보였다. 어린 나는 반 친구들과 잘 지냈다. 어머니와 아버지가 서로를 보며 웃었다. 바라던 모든 일이 이루어져 있었다. 믿을 수 없을 만큼 내 마음은 쉽게 무너졌다.

'이 세계도 괜찮잖아.'

가짜인 줄은 안다. 거짓인 줄도 안다. 하지만 나는 검은색 잔을 향해 손을 뻗었다. 아무래도 좋다고 중얼거리며 잔을 들었다. 검은색 물이 출렁거렸다. 마시려고 입가에 가져갔다. 오른손이 저렸다. 잔을 쥔 손목에 통증이 느껴졌다. 눈을 돌리니 팔찌가 빛나며 내 마음을 옥죄었다. 그만해. 고통스러워. 당황한 나머지 왼손도 검은색 잔으로 뻗었다. 잔에 손이 닿는 순간, 물이 흘러넘쳤다. 물에 깃들어 있던 사악한 의지가 순식간에 내게로 밀려왔다.

처음 본 풍경이 펼쳐졌다. 누군가 죽었다. 목을 맨 시체다. 가족인가? 시체를 보며 소리쳤다. 용서하지 않겠다고 외치는 소리가 들렸다. 세상 모두 불행해지라고 외치는 증오에 찬 소리였다. 뭐지, 이 풍경은? 이 힘은? 내 왼손에는 이런 힘이 없었다. 마음을 꿰뚫어보는 힘은 내 것이 아니라 쓰키시로의 것인데.

"쓰키시로."

비로소 그녀의 이름을 생각해냈다. 꽤 오랜만에 떠올린 이름이었다. 꿈의 세계에서는 감쪽같이 사라졌던 그녀의 이름을 불렀다. 쓰키시로 넌 늘 이런 생각을 하는 거야? 늘 이렇게 고통받는 거야? 아무도 널 도와주지 않는 세계에서 지금까지 줄곧 이렇게 지내온 거야?

"돌아가야지."

나도 모르게 그렇게 중얼거렸다. 어머니를 흉내 내던 그것은 새파랗게 질린 얼굴로 내게 손을 뻗었다.

"하루, 제발 부탁이야. 가지 마."

"안 돼. 당신은 내 엄마가 아니야. 엄마는 내게 손을 흔들어줬어. 더는 내 추억을 더럽히지 마!"

휩쓸리면 안 된다. 악의에 무너지면 안 된다. 그렇다. 수많은 일이 일어나서 잠시 잊었지만 나는 저 괴팍한 여자 아이에게 해야 할 말이 있다. 애초에 내가 먼저 곁에 있고 싶다고 말했다. 그때 쓰키시로의 표정은 잊을 수 없다. 늘 무심했지만 그때만큼은 설레어 보였던 그 얼굴을.

"쓰키시로를 만나게……해……줘."

"도노!"

아득히 먼 곳, 머리 위 높은 곳에서 목소리가 들렸다. 빛이 보였다. 빛 속에서 하얗고 예쁜 손이 뻗어 나왔다. 정신없이 붙잡

왔다. 어둠 속에서 저주 덩어리가 매달리려고 안간힘을 썼다. 그 손을 뿌리치고 어둠을 박차고 날아올랐다. 의식이 흐릿해지며 빛에 둘러싸였다.

다음 날 골동품 가게 폴라리스.

나와 쓰키시로, 아라시야마는 일요일 아침부터 가게에 모여 있었다. 아라시야마까지 참석한 이유는 이 자리에 있는 또 한 사람 때문이다.

"하하하, 이거 참 미안하게 됐어. 그냥 장난이었어. 일이 커진 것 같아서 정말 미안, 아야!"

"그렇군. 관절을 부러뜨리면 다 큰 남자도 울부짖을 거라고 인터넷에 적혀 있던데."

눈앞에 펼쳐진 광경에 탄식이 흘러나왔다.

"하……."

그러니까 무슨 일인가 하면, 아라시야마가 크롤리한테 관절 꺾기 기술을 선보이고 있었다. 비명을 지르는 크롤리를 보며 나는 어색하게 서 있고, 쓰키시로는 곁에서 얼어붙은 눈빛으로 이 장면을 지켜보고 있었다. 어떻게 된 일인지 설명하자면 어제로 시간을 거슬러 가야 한다.

그 후, 빛에 휩싸인 나는 꿈에서 빠져나오는데 성공했다. 눈을 떴을 때 보인 것은 평소와 다름없는 내 방이었다. 하지만 쓰키시로와 집주인을 비롯해 위층 선배까지 하얗게 질린 얼굴로 서 있었다. 어떻게 된 일인지? 상황을 설명해준 사람은 쓰키시로였다.

전날 빌려준 팔지는 피로를 풀어주는 마법 도구가 아니라 위기에 봉착했을 때 주인을 보호해주는 마법 도구였다. (원래는 쓰키시로가 차고 있었던 것 같았다.) 어제 나는 서둘러 달려와준 쓰키시로 덕분에 죽지 않고 살았다고 했다. 위층 선배가 내 비명을 듣고 집주인에게 문을 열어달라고 부탁했다. 비명을 지른 기억 따위 전혀 없지만 어쨌든 그만큼 위험한 상태였나 보다. 상황이 이쯤 되니 더는 숨기기 어렵겠다는 생각이 들어 쓰키시로에게 그동안 있었던 일을 솔직하게 털어놓았다. 집주인과 선배에게는 고맙다는 인사를 했다.

그들이 돌아간 후 크롤리라는 사람이 왔었다는 것, 드림캐처를 받은 일, 그리고 마법협회의 심사를 받게 된 일까지 세세하게 얘기했다. 분노의 화살이 내게 향하지 않도록 최대한 불쌍한 얼굴로 갖은 수단을 동원해 설명했지만 헛수고였다. 쓰키시로

는 땅이 꺼질 듯 한숨을 내쉬는가 싶더니 드림캐처를 낚아채며
말했다.

"내일 아침에 가게로 와."

그러고는 돌아갔다.

그 뒷모습에서 전에는 본 적 없는 분노의 아우라가 피어올랐
다. 나는 고개를 푹 숙였다.

그렇게 날이 밝은 오늘 아침, 쓰키시로에게 협력 요청을 받은
아라시야마까지 가게에 왔다. 쓰키시로는 크롤리를 불렀다. 인
사를 나누자마자 아라시야마가 힘을 쓰기 시작했다.

"자, 그럼 무지하고 어리석은 도노를 위해 이번 일을 설명
해봐."

"그게……."

쓰키시로는 화난 기색을 숨기지 않고 설명하기 시작했다.

"우선 이 마법 도구부터. 어젯밤에 내가 조사해봤는데 몹시
위험한 것으로 판명됐어."

"위험한 거?"

되묻는 아라시야마에게 쓰키시로가 끄덕이며 말을 이었다.

"응. 아무래도 이건 현실을 비관해 자살한 사람의 마음에서
생겨난 마법 도구인 것 같아. 그에게는 아내와 가족이 있었는

데, 잦은 부부싸움 끝에 이혼하게 되면서 벼랑 끝에 섰다는 심정으로 목을 맨 것 같아. 그때 이 드림캐처를 만져서 마법 도구가 된 거야."

처참한 설명에 가게 안이 조용해졌다.

"드림캐처는 미대륙 선주민의 장식품으로 유명해. 주술이나 의식에 쓰이던 도구지. 지금도 그런 의미가 있는 건 아니지만 좋은 꿈을 꾸게 해주는 상징 같은 것으로 여겨져. 부적 같은 걸 베개 속에 넣어두는 것과 비슷하지. 여기서 중요한 건, 이 드림캐처의 주인은 그런 주술에 매달릴 만큼 궁지에 몰린 사람이었고, 끝내 살지 못했다는 거야. 그 결과, 주술의 효과가 바뀐 거야."

"바뀌었다니 무슨 말이야?"

"주술 도구는 대부분 이런 패턴을 갖고 있어. 행운을 바라고 산 파워 스톤에 효과가 없거나 오히려 그 반대로 불운이 닥친 결과, 나쁜 생각이 파워 스톤에 깃들어 불행을 부르는 마법 도구가 되는 거지. 이번에도 마찬가지로 나쁜 감정을 이겨내고 좋은 꿈을 꾸게 하는 것이 아니라 거꾸로 꿈속에 주인의 마음을 가두고 빠져나가지 못하게 하는 마법 도구가 된 것 같아. 현실을 비관해 죽음을 선택할 수밖에 없었던 억울함 때문에 무차별적으로 사람을 덮치는 저주의 도구가 된 거지."

들을수록 섬뜩한 설명에 목소리도 나오지 않았다. 듣고 보니 맞는 말이었다. 처음에는 연인처럼 행동하는 쓰키시로의 모습으로 나를 꿈속으로 유혹했다. 그리고 적당한 때를 보아 내가 원하던 풍경과 엄마의 모습으로 내 마음을 사로잡았다. 만약 검은색 잔에 담긴 물을 마셨다면 나는 분명……. 말 그대로 저주를 부르는 마법 도구다.

"그래서 쓰키시로, 이 고양이 귀는 누군데?"

"아, 늦었네. 나는 그러니까……."

"누가 함부로 입 열래? 나는 쓰키시로에게 물었거든."

아라시야마가 크롤리의 관절을 꺾으며 말했다. 그녀의 물음에 쓰키시로는 어이없다는 듯 대답했다.

"그는 크롤리라는 사람이야. 물론 가명이고. 간단히 설명하자면 마법협회의 브로커 같은 존재지."

"브로커? 야, 앞치마, 브로커가 뭐냐?"

"앞치마가 뭐냐? 브로커는 중개인이라는 뜻이야. 수수료를 받고 업무의 일부를 맡기는 거지. 그런데 잠깐만. 나한테는 마법협회 간부라고 했잖아."

"간부와 비슷한 위치라고 할 수 있어. 별로 존경하지는 않아.

대단한 조직은 아니니까. 심사도 없어. 애초에 도노를 고용했다는 사실을 아무에게도 말하지 않았고."

할 말을 잃은 내게 쓰키시로가 새로운 설명을 덧붙였다. 마법 협회는 마법을 관리하기 위해 만들어진 단체이고 실제로 존재한다는 것, 하지만 그 실태는 그저 소규모 조합에 지나지 않는다는 것. 주로 안전한 마법 도구를 대여하는 업무를 하며, 쓰키시로가 가진 마법 도구가 여기에 해당한다는 것. 그리고 무엇보다 마법 도구를 고가에 매입하기 때문에 브로커인 크롤리와는 이미 아는 사이라는 점.

과연 이 가게가 어떻게 운영되는 걸까 의심스러웠는데 그런 거였군. 사건 의뢰보다는 양도받은 마법 도구를 협회에 팔아 이익을 내고 있었던 모양이다. 전에 봤던 스마트폰 사진은 1년에 한 번 전국의 마법 관계자가 한자리에 모였을 때 찍은 거라고 했다. 쓰키시로는 마지못해 참가하는 모양인지 그들과 썩 친하지는 않은 듯했다. 쓰키시로다웠다.

설명으로 대체적인 것은 이해할 수 있었다. 마법 쪽에도 커뮤니티가 있다니. 하지만 아직 중요한 사실이 밝혀지지 않았다. 쓰키시로도 나와 같은 생각을 한 모양인지 나를 대신해 물었다.

"그런데 왜 그랬어? 위험한 마법 도구를 무방비 상태의 일반

인에게 사용하게 한 건 정말이지 큰일이야. 이유를 들어보고 너를 홀딱 벗겨서 유튜브 방송에 내보낼지 말지 결정할 거야."

"하하하. 역시 쓰키시로는 보통이 아니야. 대단한 이유는 없어. 저 위대한 마법사 가나에의 손녀가 조수를 고용했다니 당연히 궁금할 수밖에 없잖아. 그래서 조수의 실력을 시험하러 와봤어."

크롤리는 질타당하고 있다고는 생각하지 못할 만큼 침착한 태도로 말했다. 웃을 수는 없지만 마법사의 손녀라는 말을 듣고 궁금증이 생겼다.

"그래도 여차하면 구하러 들어갈 생각이었어. 내가 이래 봬도 실력 있는 마법사로 다마키와 나란히 손꼽히잖아. 당연히 위기에 처하면 목숨 걸고 달려갈 생각이었지. 그럴 필요는 없었지만."

"거짓말하지 마. 진실을 말하라고."

"갸아아아! 살려줘!"

아라시야마가 다시 관절을 꺾기 시작했고, 크롤리는 비명을 질렀다. 오늘만 몇 번째인지. 쓰키시로는 다시 한숨을 내쉬며 나를 바라봤다. 그리고 그녀로서는 정말로 드물게 이렇게 말했다.

"도노, 미안하다. 귀찮게 해서."

"아냐, 나도 말하지 않아서 미안해."

"맞아. 그 부분은 확실히 반성해야 돼."

"으⋯⋯."

가까스로 사과했더니 잘잘못을 따지는 저 태도는 역시 쓰키시로다 싶었다. 하지만 이런 말들이 오히려 내가 일상으로 돌아왔음을 실감하게 해주었다. 드디어 발이 땅에 닿은 것 같았다.

이번 일은 이렇게 해결됐다. 크롤리는 쓰키시로의 닦달에 "다시는 이런 일을 하지 않겠습니다."라는 반성문을 적어야 했다. 그러고는 쓰키시로가 나를 고용하기 전 손에 넣었음 직한 마법 도구를 가게 안쪽에서 꺼내 와 초고가에 매입하게 하는 것으로 사건을 마무리 지었다. 그 와중에 크롤리는 "쓰키시로가 미스터리 헌터라고 학교에 소문을 냈는데, 좀 먹혔나?"라고 말해 다시 관절을 꺾었다. 소문을 낸 사람이 너였구나.

그렇게 일을 마무리 짓고 슬슬 돌아가려던 무렵, 크롤리가 또 폭탄을 던졌다.

"그럼 난 이쯤에서 가볼게. 도노, 정말 미안했다."

"아, 뭐⋯⋯. 나도 많이 배웠다. 다음부턴 절대 안 넘어가."

"미안해. 하지만 기억해줘. 내가 아니었어도 분명 누군가 똑

같은 일을 했을걸."

"뭐?"

당돌하게 던진 그 말에는 심장을 뚫을 듯한 서늘함이 서려 있었다. 그토록 똑 부러지는 쓰키시로조차 침묵을 지킬 정도였다.

크롤리의 웃는 눈이 내 속마음을 관통했다.

"도노, 내가 할 말은 아니지만, 너도 마법에 대해 좀 알아야 해. 왼손 좀 빌려줄래?"

"아니, 그건……."

내 말이 끝나기도 전에 그가 내 왼손을 잡았다. 쓰키시로가 말리려고 했지만 그전에 그가 먼저 입을 열었다.

"역시, 과연 그런 거였구나."

"무슨 말이야?"

내가 가진 마법에 대해 알 턱 없는 아라시야마가 멍하니 물었지만 크롤리는 멈추지 않았다.

"추억의 열쇠 꾸러미, 행운을 불러오는 나무. 상당히 좋은 것들을 만났네. 그래도 잊지 마. 마법은 저주야. 불완전한 마음이 낳은 고통 덩어리가 마법이라고. 마법은 사람이 죽었을 때 생겨나기 쉬워. 사람을 옭아매고 저주하지. 훌륭한 마법사는 그만큼 비명횡사를 자주 접하는 사람이야. 네 마법도 마찬가지고. 각오는 되어 있겠지? 앞으로 벌어질 일들에 대한 각오."

무심코 쓰키시로를 봤다. 그녀는 말없이 눈을 감고 있었다. 저건 무슨 의미일까.

"자, 그럼 또 만나. 안녕."

묻기도 전에 크롤리는 떠났다. 질문할 상대가 없어진 나는 그대로 서 있었다. 쓰키시로도 마찬가지였다. 그런 우리를 보며 아라시야마는 무언가 착각한 모양인지 귀띔으로 엉뚱한 소리를 했다.

"그럼 나머지는 두 사람이서 오붓하게…… 도노, 너의 남자다움을 보여줄 기회야. 나란 여자는 참 배려심이 엄청나지."

야, 무슨 소리야. 어딜 봐서 그런 해석이 나오는 거야? 하지만 이미 늦었다. 나와 쓰키시로 두 사람 모두 어색해질 대로 어색해졌다. 어쩌지? 나도 모르게 굳은 자세로 눈을 깜빡거렸다. 어색해진 나를 두고 침묵을 깬 사람은 쓰키시로였다.

"도노, 끝말잇기 하자."

"뭐?"

알 수 없는 말을 하는 그녀에게서 이상한 소리가 나왔다.

"너와 관련한 단어로만 끝말잇기를 하는 거야. 시작한다. 멍청이."

"음……, 어려운데, 이번 건. 그럼 난 '이가 고르다'."

"패배자."

"야!"

"자로 시작하는 말을 할 차례야, 도노."

"아니, 에잇. 자강. 강이야, 강."

"동정."

"강이라니까."

"포경."

"뭐, 뭐야?"

"왜소."

"이게 진짜!"

"좀생이. 이로 끝나는 단어. 내가 이겼네."

"됐고, 일단 끝말잇기 규칙부터 말해보자고."

이렇게 외치는 내게 쓰키시로는 흥하고 콧방귀를 뀌었다. 화가 나서라기보다는 어색한 분위기를 무마하려는 것 같았다. 덕분에 나도 다시 차분해졌다.

묻고 싶은 것이 많았다. 어제오늘 사이 마법에 대한 인식이 엄청나게 바뀌었다. 나는 마법을 가치 있는 것으로 생각하고 있었다. 지금까지 열쇠 꾸러미도 행운을 불러오는 나무도 우리를 구해줬으니까. 하지만 크롤리는 마법이 저주라고 했다. 쓰키시로는 대꾸하지 않았다. 훌륭한 마법사는 비명횡사를 자주 접하는 사람이라고도 했다. 그 말은 무슨 뜻일까.

알 수 없었다. 안타깝게도 알 수 있는 것은 없었다. 쓰키시로가 무슨 생각을 하는지조차 알 수 없었고, 지금 그녀에게 뭐라고 말해야 좋을지도 알 수 없었다.

아는 게 있다면 한 가지. 그건 늦봄의 따스한 햇볕이 일요일 오전을 눈부시게 수놓고 있다는 것. 포근한 날씨가 우리를 부드럽게 감싸고 있었다. 빛에 녹아들도록 그녀에게 말했다.

"사실 꿈꿀 때 처음에는 네가 자주 나왔어."

"그랬어? 그럼 분명히 좋은 꿈이었겠네. 꿈속에서 난 무슨 일을 당했을까?"

"아, 꿈속에서 넌 붙임성이 좋고 유머러스해서 진짜로 사귀고 싶다고 생각했을 정도였어."

"앗."

쓰키시로가 얼굴을 붉히며 어울리지 않게 비명을 질렀다. 아랑곳하지 않고 나는 말을 이었다.

"하지만 지금 생각하면 꿈속의 나는 뭘 하고 있었던 걸까? 그렇게 싱글벙글하는 상대방에게는 흥미가 느껴지지 않았어. 설렸지만 너무 싱거웠어. 그런 의미에서, 그러니까 그, 그거야. 화해하기 위해 개그를 하는 사람이 더 재미있는 것 같아. IQ 이야기가 적절한 것 같진 않지만."

"아, 그 말은, 그……."

얼굴을 붉힌 쓰키시로가 무슨 말인가 하려고 입을 열었다. 막상막하로 얼굴이 빨개진 내가 말을 가로챘다.

"그러니까 결국 무슨 말을 하고 싶냐면, 도와줘서 고마워. 아라시야마에게는 미안하지만, 나는 친구 1호의 자리를 비워둘 거야. 뭐 딱히 이유가 있는 건 아니고 그냥 그렇다는 말을 하고 싶었어."

"……."

얼굴이 뜨거웠다. 등에서 엄청나게 땀이 흘렀다. 이 순간만큼은 절대 왼손으로 누군가를 건드리지 않겠다고 신에게 맹세했다. 심장이 터질 것 같았다. 하지만 왼손이 닿지 않아도 마음이 전달되는 상대는 있는 법이다.

"그렇구나. 뭐 나도 아라시야마에게는 미안하지만, 1호를 비워둘 생각이었어."

"그렇구나."

"응."

왜냐고 묻지는 않았다. 물어봤자 결국 부메랑처럼 다시 내게로 질문이 돌아올 테니까. 현실로 돌아올 수 있어서 다행이라는 생각이 들었다.

"자, 그럼 오늘 하루 아르바이트를 열심히 해볼까?"

"글쎄, 어차피 아무도 안 올 텐데."

"그거야 모르지. 생각해보면 나와 아라시야마가 이 가게를 알게 된 것은 크롤리 덕분이야. 그러니 그 소문을 듣고 다음 손님도 올 거야."

"그런데 왜 내가 미스터리 헌터야? 정말 무책임한 사람이네."

그녀의 푸념을 들으며 창밖을 올려다봤다. 구름 한 점 없는 하늘은 높고 넓어서 날아오를 듯 상쾌해 보였다. 정신을 차려보니 답답했던 공기는 어디론가 흘러가버리고 없었다. 비로소 평화가 돌아온 것 같았다. 여느 때와 다름없이 책을 읽는 그녀의 비스듬한 뒷모습. 그 모습을 보며 나는 푸르른 일상을 들이켰다. 하지만 그때 역시 나는 방심하고 있었는지도 모른다. 마법의 존재에 대해 좀 더 깊이 생각했어야 했는지도 모른다.

며칠 후면 봄도 끝나려나 싶었던 5월 하순, 나는 우연한 사건으로 쓰키시로의 과거를 접하게 됐다. 그리고 그곳에서 마법을, 앞으로 벌어질 일을 감당할 각오가 되어 있느냐는 질문에 답해야 했다.

마법은 저주다. 불완전한 마음이 빚어내는 고통 덩어리. 나는
세상의 진실을 접하게 될 예정이었다.

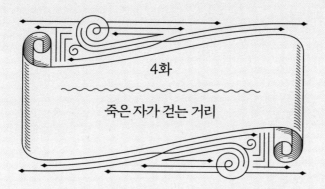

4화

죽은 자가 걷는 거리

5월이 얼마 남지 않은 때였다. 온 거리에서 기묘한 느낌이 흐른다고 느낀 건 혼자만의 생각일까. 이 느낌을 뭐라고 표현해야지 정확할까. 거리와 사람이 어울리지 않는 위화감이라고 할까. 위화감의 정체가 무어냐고 묻는다면 딱히 이거다 답할 수는 없지만, 그 무렵부터 내 눈에 기묘한 풍경들이 들어오기 시작했다.

이를테면 학교로 가는 골목길을 걷다가 코스프레라고 하기에는 지나치게 고풍스러운 기모노를 잘 차려입은 여성과 마주친다든지, 공원 벤치에서 다이쇼 시대를 떠올리게 하는 까까머리 남자아이가 팔짝팔짝 뛰노는 모습을 본다든지 하는 일이 일어났다. 말도 안 될 정도는 아니지만, 어딘지 모르게 위화감이 드는 풍경들이 속속 눈에 들어왔다.

"누구세요?"

"응?"

평소와 다름없이 폴라리스에 출근해 문을 열려던 찰나, 등 뒤에서 초등학생쯤 되어 보이는 여자아이가 갑자기 말을 걸어왔다. 그 아이 역시 퍽 예스러운 옷차림을 하고 있었다. 빛바랜 원피스에 근사한 머리 모양을 하고 납작한 막대사탕을 물고 있는 모습이 인상적이었다.

"나는 이 가게의 아르바이트생이야. 손님으로 온 거니?"

"손님이요? 뭐 손님이라고 말하면 손님이겠지요. 아르바이트생이구나."

"그 대답은 뭐야? 혹시나 해서 말해주는 건데, 이 가게에는 취향이 고약한 골동품과 무뚝뚝한 주인밖에 없어."

"흠, 그렇구나. 아르바이트였구나."

"……뭐야, 대체?"

"아니에요, 아무것도. 그냥 머리 염색도 안 하고 옷도 잘못 입고 그런 것 같아서요. 유행에 좀 뒤떨어져 보여요."

"아, 나 말고 너에 대해서 말하는 거니?"

"그렇게 입고 다니니 그 나이가 되어서도……. 다음 말은 생략할게요. 푸하."

"너 그 막대사탕이 담배인 줄 아는 건 아니지? 어른한테 그렇게 말하는 거 아니야."

"그런 거 아니에요. 제가 아저씨를 단번에 남자로 보이게 해줄까요?"

"날 아동 성추행범으로 잡혀가게 할 셈이야?"

"여보세요. 경찰서죠? 여자 팬티를 50장쯤 머리에 뒤집어쓴 남자가 눈앞에 있어요."

"그 막대사탕이 전화인 줄 아는 건 아니지? 그리고 요즘은 그런 신고가 유행이니?"

"하하하, 정말이지. 아저씨도 참."

의미 없는 대화를 나눈 후 그 이상한 소녀는 어디론가 사라졌다. 저 아이는 뭐지? 평일 2시가 넘었으니 그 나이 또래의 아이라면 아직 학교에 있어야 할 시간이다. 영문을 알 수 없었다. 대체 일본의 교육이 어떻게 되려는 건지.

그날도 평소와 똑같은 자리에서 독서에 몰두하고 있는 쓰키시로를 바라보며 하루를 보냈다. 너무 한가해서 무슨 얘기라도 꺼내야 할 것 같았다. 요즘 들어 자꾸 마주치는 복고풍 복장의 사람들에 관한 이야기를 했다. 쓰키시로도 같은 풍경을 본 적 있는 듯했다.

"그러고 보니 가끔 그런 사람들이 보이긴 하더라."

"아까도 가게 앞에 이상한 아이가 있었어."

"잘 모르겠지만, 요즘 그런 게 유행인가 봐."

"그런가."

대화는 싱겁게 끝났다. 그렇구나. 요즘은 그런 패션이 유행인 건가. 나는 더 이상 생각하지 않기로 했다. 이 대화가 계기가 되었는지 아니면 그냥 떠올랐는지 중요한 건 아니지만, 쓰키시로는 갑자기 이런 말을 하기 시작했다.

"그런데 도노, 그 말을 들으니 생각나는데……."

"응, 뭐가?"

"예전에 네가 날 성추행했던 거 기억해?"

"그런 기억은 털끝만큼도 없지만, 방금 한 이야기와 무슨 연관이 있는데?"

오늘도 쓰키시로는 시치미를 뚝 떼고 말하기 시작했다.

"열쇠 꾸러미에 대해 조사하고 있을 때 네가 '가슴은 큰데 마음은 소심한 사람'이라고 했었잖아."

"내가 그런 말을 했다고?"

"했어. 난 똑똑히 기억해."

"그랬다면 미안해. 농담이었어. 그런데 그게 갑자기 왜?"

"어젯밤에 갑자기 생각이 났어. 분명 성희롱 발언이 맞지만 실은 제법이라는 생각이 들었거든. 나쁘지 않은 유머 감각이야."

"왜지? 네가 칭찬하면 불안해."

"자신감을 가져. 그때 나는 깨달았어. 앞으로는 얼굴이 아니라 가슴으로 개그를 해야겠다고."

"넌 왜 그런 무모한 생각을 하는 거냐?"

"나는 가슴이 큰 게 콤플렉스라고만 생각했는데, 만약 웃음으로 승화시킬 수 있다면 극복이라는 차원에서 일석이조가 되겠더라고."

"그만둬. 그런 돌이라면 던져봤자 일석이조가 아니라 불길한 새만 잡을 테니까."

"그래서 오늘은 가슴을 소재로 한 개그를 선보이려고 해."

"다시 말하지만 그만해라. 그 소재는 효과가 없을 가능성이 크거든."

"우선은 내가 심혈을 기울인 개그인데……."

"내 말을 들을 생각이 없다는 건 잘 알았다."

나는 깊은 한숨을 내쉬었다. 이 대화만으로도 우리가 얼마나 한가한지 알 수 있을 것이다. 아르바이트라고 해봤자 할 일이 있는 것도 아니고, 아침부터 저녁까지 이런 식으로 시간을 보내고 있으니 쓰키시로의 개그가 나날이 퇴보할 만도 하다.

그날도 결국 그런 대화를 나누다 아무 수확도 없이 하루가 저무는 중이었다. 지루하고 평범하지만 나쁘지는 않은 하루라고 생각했다. 이때 우리가 알지 못하는 곳에서 사건은 시작되고 있었다. 사건에 대해 알게 된 건 며칠이 지난 일요일이었다.

"안녕하세요!"

"응?"

6월이 코앞이지만 아직 비 소식은 없었다. 부드러운 햇살과 바람이 시간을 완만하게 흘러가게 하던 나른한 오후, 그녀는 해맑은 목소리와 웃는 얼굴로 나타났다.

"이, 이즈미 언니예요?"

"딩동댕. 오랜만이야, 다마키."

'뭐지? 아는 사람인가?'

웬일로 쓰키시로는 의자에서 일어나 놀란 표정을 감추지 못했다. 처음 본 그 여자는 쓰키시로를 바라보며 입구에서부터 웃는 얼굴로 다가왔다. 잘 아는 사이인 듯한 두 사람이 내 곁에서 인사를 주고받았다.

"후후. 다마키, 어른스러워졌네. 잘 지냈어?"

"아, 응. 이즈미 언니도 별일 없지요? 음…… 아이는요?"

"이름을 교헤이라고 지었어. 아들이고 태어난 지 반년밖에 안 됐어."

"그렇구나. 축하해요."

쓰키시로가 그렇게 당황하는 모습을 본 건 처음이었다. 이즈 미라는 여성은 아이를 키우는 어머니 특유의 온화한 미소를 지으며 희미하게 웃었다. 나이는 서른 중반쯤 됐을까. 긴 머리를 묶어 올린 그녀는 꽤 미인에다, 부드러운 인상의 소유자였다. 상냥한 눈매에 신중한 분위기를 자아내는 입매, 귓가를 부드럽게 스치는 듯한 따뜻한 목소리. 유모차 안에서 새근새근 잠든 아기는 그녀를 더욱 따뜻하게 보이게 했다. 따뜻한 외모대로라고 해야 할지, 아니면 의외라고 해야 할지 알 수 없지만 성격이 꽤 쾌활한 사람이었다.

"그런데 다마키, 이 남자는 누구야? 소개해줄 수 있어?"

"아, 응. 이 사람은 도노 하루키. 보이는 그대로 과묵한 변태 니까 가까이하지 않는 게 좋을 거예요."

"그게 무슨 소개야? 하지 마. 저는 그냥 평범한 아르바이트……."

"처음 뵙겠습니다, 도노 씨. 이즈미 사와라고 해요. 가까이 다가오지는 마시고요."

"저기요!"

"하하, 농담이에요. 하하."

만나자마자 펀치를 날린 이즈미 씨는 쓰키시로와 달리 소통 능력이 뛰어나고 붙임성 있는 성격이었다. 나 역시 사람들과 쉽게 어울리는 성격은 아닌데 그런 나와도 마음을 터놓고 대화하기까지 오래 걸리지 않았다.

"목사라면 교회에 있는 그 목사님이요?"

"신학 대학교를 졸업하고 줄곧 목사로 일했어. 여기서 몇 정거장 떨어진 곳에 교회가 있어. 아버지도 목사셨거든."

"전에 만화책에서 봤는데 고해성사실이라는 게 정말 있나요?"

"아, 우리는 개신교라 그런 건 없어. 필요할 때는 탕비실 근처에서 비슷한 걸 하기는 하지만."

"의외로 체계적이지는 않네요."

"후후, 그런 곳이 많아. 도노도 고해성사를 해봤어?"

"아뇨, 살면서 참회할 일이 없었거든요."

"그렇구나. 인기 없는 자신에 대한 반성이라든가 그런 건 없어?"

"왜 여자들은 내가 인기가 없을 거라고 단정하는 거예요?"

"얼굴 보면 알지."

다마키가 이때다 싶어 끼어들었다.

"다마키, 좀 조용히 있어줄래?"

"음, 그 얼굴로는 어려울지도 모르지. 얼굴은 봐줄 만하지만 눈빛이 못 쓰겠네. 구원은 포기해."

"신은 정녕 없는 것인가……."

그렇게 장난스러운 대화를 주고받으며 적당히 마음을 터놓았다. 이즈미 씨는 여러 가지 이야기를 들려주었다.

"남편이 목사라고는 해도 작은 교회여서 거의 나와 둘이 운영하다시피 해. 지금은 내가 육아 휴직 중이라 남편이 바쁘지."

"언니네 가족은 할머니가 계실 때부터 우리 가게 손님이었어. 교회에서 발생한 문제 중 마법 도구와 얽힌 일이 있으면 나에게 의뢰하고 있어."

의자에 걸터앉은 이즈미 씨와 홍차를 끓이는 쓰키시로의 대화를 들으니 두 사람이 이 가게와 맺은 인연이 어느 정도 그려졌다.

이즈미 씨는 어렸을 적에 원래 가게 주인인 쓰키시로의 할머니에게 도움을 받은 일이 있는 모양이었다. 그때 마법에 대해 알게 됐고, 그 이후 계속 이 가게와 교류해왔다고 했다. 쓰키시로에게는 언니와 같은 존재라고 두 사람은 설명했다. 할머니가 돌아가신 뒤에도 관계가 이어졌는데, 최근 결혼과 출산 때문에 다소 소원해졌다고 했다.

"임신한 게 1년 반쯤 전이고 결혼한 게 3년 전이니까, 다마키와는 4년 만에 만난 셈이지. 미안해. 얼굴도 안 비치고 전화도 못 해서."

"괜찮아요. 바빴을 텐데. 와줘서 고마워요."

"그런 말을 들으니까 언니도 우쭐해지는데. 아, 나이로는 언니가 아닌가."

"아니에요. 한번 언니는 끝까지 언니에요."

돈독한 자매가 나누는 듯한 대화를 들으며 내가 주목한 것은 이즈미 씨가 아니라 쓰키시로였다. 늘 무미건조하고 배려라고는 찾아보기 힘들었는데 정말 쓰키시로가 맞나 싶을 만큼 오늘의 그녀는 생기를 띤 모습이다. 함박웃음까지는 아니지만, 평소와 다름없는 무심한 행동에는 숨길 수 없는 기쁨이 배어 있었다. 그녀에게는 진심을 털어놓을 수 있는 몇 안 되는 사람 중 한 명이란 걸 알 수 있었다.

너무 오랜만의 재회라 다소 흥분했는지, 쓰키시로는 웬일로 홍차잎을 잘못 계량해 넣고 말았다.

"다마키, 편하게 해."

웃으며 말하는 이즈미 씨에게 얼굴이 빨개진 다마키가 "미, 미안해요."라고 대답했다. 쓰키시로에게 이런 면이 있다니 놀랍다고 표현하지 못한 이유는 이즈미 씨가 이런 말을 했기 때문이다.

"오늘 온 건 부탁이 있어서야."

"의뢰인을 소개하려고요?"

"음, 의뢰인이라기보다는 우리 교회에 접수된 상담 내용을 정리해서 다마키에게 도움을 청하고 싶어서."

유모차 안에 잠들어 있는 교헤이의 땀을 닦아주며 이즈미 씨가 말했다.

"요즘 죽은 사람이 살아났다는 이야기가 들려. 그런데 한두 사람의 이야기가 아니야."

"네?"

그 말에 나와 쓰키시로가 동시에 소리를 질렀다.

"처음 그 이야기를 들은 게 한 달쯤 됐나. 신자 중 한 명이 옛날에 키웠던 고양이가 무지개다리를 건넜는데 갑자기 창밖에서 그 고양이가 보였다고 하더라고. 그때는 깊이 생각하지 않았어. 그냥 고양이가 주인을 만나러 와주다니 멋진 일이라고만 생각했는데…… 아무래도 그게 잘못 본 게 아닌 것 같아."

"다른 사람들도 비슷한 이야기를 하던가요?"

"응, 대화를 나누거나 그런 건 아니지만, 죽은 남편을 거리에서 봤다거나 거리에서 스친 사람이 돌아가신 증조할아버지를 쏙 빼닮았다거나 하는 일이 많더라고. 우연이라고 하기에는 좀 이상하지 않아?"

"그러고 보니 저도 요즘에 예스러운 사람들을 자주 봤는데, 혹시 그것도……."

"마법 도구와 관련 있을 가능성이 커. 그래서 신도들이 바라는 건 뭐예요?"

"그게, 특별히 뭘 바란다는 말은 안 했어. 잘못 본 걸 수도 있고 행여 잘못 본 게 아니라고 해도 오랜만에 남편을 봐서 좋았다거나 세상을 떠난 고양이의 울음소리를 오랜만에 들을 수 있어서 기뻤다는 내용이 대부분이야. 하지만 어딘지 꺼림칙해서 와본 거야."

이즈미 씨의 말에 나는 고개를 끄덕였다. 죽은 사람이 활보하는 거리라니, 그러거나 말거나 하고 넘어갈 수 있는 문제가 아니다. 일찌감치 조치를 취하는 게 좋을 것이다.

그때 갑자기 교헤이의 울음소리가 들렸다. 낯선 곳이라 불안해하는 것 같았다. 울음소리가 너무 커서 두 사람의 대화를 위해 내가 아이를 안고 허둥지둥 어를 수밖에 없었다. 어느새 날이 저물어 이즈미 씨가 돌아갈 시간이 됐다. 혼자서 아이를 돌보던 나는 거의 녹초가 되어 있었다.

"그럼 다마키, 잘 부탁해. 내가 도울 수 있는 일이 있다면 뭐든 말하고. 도노, 고마웠어. 아르바이트, 힘내고."

"네, 뭔가 알게 되면 연락드릴게요, 이즈미 언니."

"힘낼게요."

이즈미 씨는 유모차를 끌고 돌아가면서도 끝까지 상냥한 미소를 잃지 않았다. 그녀를 배웅하면서 든 생각은 드디어 끝났다는 것뿐이었다. 아이를 돌보는 게 이렇게 중노동일 줄이야. 고작 몇 킬로그램밖에 안 되는 아이가 나의 진을 이렇게 빼놓을 줄이야. 반면 나와 달리 쓰키시로는 전에 없이 의욕 충만한 표정이었다.

"그럼 내일부터 바로 조사를 시작할 거야. 도노, 강의 끝나는 대로 바로 가게로 와."

"의욕이 넘치네. 너답지 않게 갑자기 왜 그래?"

"내가 어렸을 때부터 잘해준 언니야. 그런 언니의 의뢰이니 잘 해내고 싶어. 그리고 보나 마나 별 힘이야 못 되겠지만 네가 날 도와줄 테고."

"그래. 네 의욕이 얼마나 강한지, 내게 얼마나 기대가 없는지는 잘 알았다. 그런데 월요일은 5교시까지 수업이 있어서 좀 늦을 것 같은데."

"괜찮아. 난 3교시가 마지막이니까 3교시 끝나는 대로 같이 조사하러 가자."

"뭐가 어떻게 괜찮다는 거야? 난 내일 안 되니까 혼자서……."

"도노, 내가 이렇게 낮은 자세로 부탁하고 있잖아."

"그렇게 말할 정도로 낮은 자세는 아니잖아."

"응, 난 정말 무릎이 무거운 사람인가 봐."

"이 분위기, 어쩔 거야……. 그런 개그는 하지 말라고 했잖아."

"그건 네가 유머 감각이 없어서 그렇게 느끼는 거지."

"뭐?"

"네 얼굴! 짜증 나. 징역 100년!"

"이 정도면 횡포거든!"

"어쨌든 내일 조사하러 갈 거야. 경비는 내가 낼 거고 저녁도 내가 살게. 내게 빚졌다는 사실, 잊지 마. 알겠지? 도노."

"……."

크롤리 사건으로 쓰키시로에게 빚을 진 것은 사실이었으므로 동의하지 않을 수 없었다. 분한 마음을 억누르며 하루 정도는 혼자 있고 싶다고 생각했지만, 그 말을 입 밖에 내지는 않았다. 쓰키시로를 생각해서가 아니다. 그런 갸륵한 생각은 한 적 없다. 솔직히 말하면 저녁을 제대로 먹을 수 있다는 점이 끌렸다. 슬슬 통장 잔액이 부족해지고 있었다.

"알았어. 가면 되잖아. 어쩔 수 없지 뭐."

"착하네. 기대하라고."

오랜만에 언니처럼 믿고 따르는 친한 사람을 만나 신이 났는지, 쓰키시로는 평소와 다름없는 행동에서도 쾌활한 기색을 감추지 못했다. 그런 모습을 보며, 가끔은 힘이 되어주는 것도 나쁘지 않겠다는 생각도 들었다. 어둠이 깔리기 시작했다. 나는 약간 어깨를 움츠렸다.

이즈미 씨가 방문한 다음 날, 우리는 3교시가 끝나자마자 함께 조사하기 시작했다. 이번에는 단서가 거의 없는 상황이라 일단 거리를 다니며 말로만 듣던 '죽은 자'를 직접 찾아보기로 했다. 목적 없이 이곳저곳을 돌아다니며 시대에 맞지 않는 옷차림을 한 사람을 찾았지만, 막상 찾으려니 보이지 않았다. 생몰 미상인 이들은 감쪽같이 사라져버렸다. 첫날 조사는 그렇게 성과 없이 끝났다.

"뭐, 첫날이니까."

아쉬웠지만 쓰키시로의 말대로 아직 첫날일 뿐이다.

다음 날에는 탐문 조사를 하기로 했다. 죽은 사람을 만났다는 신자와 직접 대화할 수 있도록 이즈미 씨에게 부탁했다. 이즈미 씨가 소개해준 덕분인지, 상대방은 학생이고 초면인데도 우리를 흔쾌히 집으로 초대해주었다. 하지만 미리 말해두자면, 이 조사 역시 의미가 없었다.

"죽은 후타로가 정원에 나타나서 깜짝 놀랐지 뭐야. 야옹야옹하면서 곧 어디론가 가버렸지만 오랜만에 울음소리를 들을 수 있어서 좋았어. 믿으면 얻는다는 말이 이런 건가 봐."

"아……."

전차를 갈아타고 다른 신자의 집을 방문했지만 역시 이렇다 할 정보는 얻지 못했다. 오랜만에 남편이나 아내를 만나 반가웠다는 이야기 외에는 쓰키시로를 두고 미인이다, 인기가 많겠다, 청년은 이 처자를 놓치지 말라 하는 쓸데없는 이야기뿐이었다. 실제로 대화를 나눴다는 사람도 없었다. 이날 역시 소득 없이 지나갔다.

"아직 이틀밖에 안 됐으니까."

우리는 좌절하지 않고 조사를 이어갔다. 하지만 셋째, 넷째 날에도 마찬가지였다. 인터뷰를 했지만 새로운 정보는 없었다.

"아직 나흘째니까."라고 중얼거리는 쓰키시로의 목소리에서 힘이 빠진 게 느껴졌다. 닷새째 역시 소득 없이 끝났다. 그렇게 시간이 흘러 토요일이 됐다.

"쉽지 않네."

"그러니까. 이렇게 해서 찾을 수 있을 것 같진 않은데."

지친 우리는 대형 쇼핑몰의 푸드 코트에서 저녁 식사를 한 뒤 맥없이 앉아 있었다. 언제나 곧은 자세로 앉는 쓰키시로조차 오늘은 테이블에 팔꿈치를 괴고 연신 한숨을 내쉬었다.

토요일이라 아침부터 단서를 찾기 위해 돌아다녔지만, 역시 아무것도 찾지 못했다. 빈손으로 일몰을 맞이했다. 걷다 지친 우리는 녹초가 되어 서로 아무 말도 하지 않았다. 쓰키시로의 낯빛이 어두웠다. 그럼에도 많은 사람의 주목을 받는 건 역시 미인이기 때문일까. 얼굴만큼 마음도 예쁘면 좋을 텐데 그렇지 못한 게 아쉽다.

"그거야, 도노. 네가 과묵한 변태여서 죽은 자들이 널 피해 다니는 거야. 분명해."

"과연 그럴까? 네 유머 감각에 마음이 얼어붙어서 나타나지 않는 건지도 모르지."

"그건 네가 멍청해서 내 유머를 이해하지 못하는 거고."

"아하, 그럼 최신작을 듣고 판단해줄게. 한번 해봐."

"그래. 이건 지난 수업 시간에 지우개 떨어진 걸 주워줬을 때의 일인데……."

"전부터 생각한 건데, 네 주위에는 지우개가 튀어 오르는 자기장이라도 있는 거야?"

"몰라, 그런 건. 어쨌든 떨어진 지우개를 줍다가 생각한 건데 그냥 주워주기만 하면 재미가 없잖아."

"넌 왜 지우개를 보면 웃기려 드는 거냐?"

"그래서 터키 아이스크림을 흉내 내기로 했어."

"터키 아이스크림?"

"몰라? 점원이 손님에게 아이스크림을 줄 것처럼 하면서 안 주잖아."

"아……. 처음에는 재미있지만 중간부터는 짜증 나는 그거 말하는 거야?"

"지우개는 라벨 쪽이 있고 알맹이 쪽이 있잖아. 지우개를 주워주는 척하면서 라벨 쪽을 내밀었다가 순간 알맹이 쪽으로 획 돌리는 걸 몇 번이나 시도했는데 다 실패했어."

"그 정도면 그냥 민폐다."

"어쩔 수 없어서 이번에는 지우개 알맹이 부분을 상대방 쪽으로 내밀고 라벨은 안 주는 걸 해봤는데……."

"해봤는데?"

"빨리 내놓으라고 화를 내더라고. 그런 사람들이 세상을 지루하게 만드는 거야."

"네 엉터리 연극을 봐준 것만도 감사해야 할 것 같은데."

쓰키시로의 시시한 유머를 들으니 머리가 기분 좋은 냉정함을 찾은 듯했다.

나는 짬뽕을 먹으며 한 주를 돌아봤다. 헛수고라고 표현해도 틀리지 않은 한 주였다. 이룬 게 없다고 말해도 좋을 정도다. 이즈미 씨와도 통화해봤지만 새로운 정보는 없다고 했다. 다른 사건들과 달리 원인으로 추정할 만한 마법 도구 자체가 확보되지 않았다. 조사는 난항을 거듭했다. 무작정 찾아다니는 일은 그만두고 묵묵히 상황을 지켜보자고 제안하고 싶었지만 쓰키시로는 의외로 끈기를 보였다.

"그래도 지금은 거리를 다니며 계속 조사해볼 수밖에 없어. 내일도 하루 종일 단서를 찾으러 다니자."

"일요일에도? 좀 쉬어야 할 것 같은데."

"무슨 소리야? 이즈미 언니의 의뢰야. 쉴 틈이 없어."

"너랑 친한 몇 안 되는 사람인 건 알겠는데, 그래도 너무 무리하는 것 같아. 이즈미 씨에게 무슨 빚이라도 있어?"

가벼운 농담으로 별 뜻 없이 던진 질문이었다. 일요일만큼은 어떻게든 쉬고 싶어 구실을 찾던 중에 무심코 나온 말이었다. 그런데 쓰키시로의 표정이 갑자기 바뀌었다. 내가 뭔가 정곡을 찌르는 말을 했다는 걸 알 수 있었다. 의아해하는 나를 보며 쓰키시로가 속마음을 털어놓았다.

"이즈미 언니는 어렸을 때 학교 친구들에게 괴롭힘을 당해서 등교 거부를 했었대."

"이즈미 씨 같은 사람이?"

"목사의 딸이라는 이유로 쉽게 놀림당했을 수도 있지."

쓰키시로는 마치 자기 이야기를 하는 듯한 눈동자로 말을 이었다.

"하지만 우리 할머니가 도와줘서 잘 해결됐대. 딱히 마법의 힘을 빌린 건 아니었던 것 같아. 할머니는 힘들어하는 아이들을 지나치지 못하는 사람이었어. 어떤 방식으로든 이야기를 듣고 도와줬지. 그 후 이즈미 언니와 폴라리스 사이에는 무엇과도 바꿀 수 없는 유대 관계가 생겨났어. 이즈미 언니는 할머니를 몹시 고맙게 생각했고, 친구가 없는 나와도 매일 함께 놀아줬어."

"……."

"우리 둘 다 할머니를 아주 좋아했어. 멋지고 든든한 마법사라고 생각했어. 그런데 내가……."

말을 멈춘 그녀의 주변이 뭉개졌다. 푸드코트의 웅성거림이 아득하게 느껴졌다. 돌연 그녀에게 고독의 그림자가 드리워졌다. 내가 대꾸가 없는 게 신경 쓰였는지 쓰키시로가 먼저 입을 열었다.

"너와 상관없는 이야기야. 어쨌든 이즈미 언니에게는 신세를 많이 졌어. 언니에게 힘이 될 수만 있다면 난 휴일 따위는 필요 없어."

쓰키시로의 이야기를 듣다 보니 둘 사이에 무슨 일인가 있었다는 것을 짐작할 수 있었다. 할머니에 관해서만큼은 쓰키시로가 이즈미 씨에게 약간의 빚이 있다는 사실마저 간파할 수 있었다. 어렴풋이 추측했던 내용이 확신으로 바뀌었다.

그렇다고 그 일에 대해 꼬치꼬치 캐물을 마음은 없었다. 나는 쓰키시로의 할머니나 이즈미 씨에게 신세 진 일이 없으니까. 난 그저 아르바이트생일 뿐이니까. 말 그대로 외부인이다. 남의 과거사에 얽히고 싶은 마음도 없고, 쓰키시로 역시 동정받고 싶어 하는 성격도 아니다. 뭐 우리가 그럴 만큼 친한 사이도 아니고.

쓰키시로도 그 점을 잘 알고 있다는 듯 더 말을 보태지 않고 비빔밥을 먹기 시작했다. 나도 말없이 후루룩 국수를 먹었다. 북적이는 토요일 밤의 푸드코트였지만, 우리 사이에는 묘한 정적이 감돌았다.

돌이켜보면 그 대화가 계기가 되었는지도 모르겠다. 거듭 말하지만, 쓰키시로와 이즈미 씨의 과거사는 나와 상관없는 일이다. 그렇게 생각하고 나니 오히려 냉정해지면서 그간 느꼈던 위화감에 대해 생각하게 됐다.

이번 사건에는 부자연스러운 부분이 많다. 먼저 쓰키시로의 과한 의욕이다. 처음에는 가까운 지인의 일이라서 들뜬 줄 알았지만, 사연이 있다는 걸 알자 보는 시각도 달라졌다. 내게 학교 수업까지 빼먹게 하면서 조사에 몰두하다니 매사 무관심한 쓰키시로답지 않다. 이쯤 되니 초조해하는 것처럼도 보인다. 홍차의 분량을 잘못 계산한 것도 혹시 다른 이유가 있었던 건 아닐까.

많은 사람이 이 사건을 반겼다는 점도 마음에 걸린다. 크롤리가 떠올랐다. 그는 마법이 저주라고 했다. 불완전한 마음이 낳은 고통 덩어리. 그 말을 곧이곧대로 믿는 것은 아니지만, 이렇게까지 기쁘고 즐겁기만 한 마법이라니 어딘가 이상한 건 분명하다.

마지막으로 가장 많이 신경이 쓰이는 건 4년 만에 나타난 이즈미 씨다. 결혼과 출산 등 큰일이 겹쳤다고는 하지만 아무리 그래도 매일같이 만나다가 갑자기 연락을 두절하고 4년 만에 다시 나타났다. 공백이 너무 길다. 한때 친했던 사람이 4년 동안이나 거리를 뒀다가 갑자기 다시 나타나는 것은 확실히 부자연스러운 일이다. 오히려 그만큼 둘 사이가 멀어질 만한 일이 있었다고 보는 편이 자연스럽다. 게다가 그런 이즈미 씨가 생후 반년 된 아이를 유모차에 태워서 집에서 몇 정거장이나 떨어진 폴라리스까지 왔다? 전화로 말해도 됐을 텐데. 그저 교회 상담 건을 해결하기 위해서 4년 만에? 아무리 생각해도 이상하다. 이런 생각이 들고 난 이후 나는 이즈미 씨의 행동을 주시하기 시작했다.

결국 아무것도 발견하지 못한 채 일요일이 지나가고 월요일이 됐다. 나와 쓰키시로는 외부로 조사를 나가지 않고 폴라리스를 지켰다. 이즈미 씨가 가게로 오겠다고 연락을 해왔기 때문이다.

"그렇구나. 아무것도 발견하지 못했구나. 쉽지 않네."

"기대에 부응하지 못해 죄송해요."

이즈미 씨가 침울해하는 쓰키시로를 위로했다. 나는 뭐라고 표현해야 할지 알 수 없는 기분으로 그 모습을 바라봤다. 그러다 이즈미 씨의 제안에 분위기가 바뀌었다.

"있잖아, 다마키. 그냥 내 생각인데, 가나에 할머니가 살아 계실 때 마법 도구를 찾아내는 마법 도구를 사용한 적이 있잖아. 그걸 써보면 어떨까?"

"그게 뭐야? 그렇게 편리한 게 있었어?"

별 뜻 없이 던져진 제안에 눈이 번쩍 뜨였다. 마법 도구의 위치를 알아낼 수 있는 마법 도구라니. 정말이지 지금 상황에 꼭 필요한 게 아닌가. 그런 게 있다면 쓰면 되지 않나? 하지만 쓰키시로의 대답은 의외였다.

"몽환의 나침반을 말하는 거군요. 할머니가 살아 계셨을 때 몇 번인가 사용하셨던 마법 도구지요. 하지만 그건 리스크가 너무 큰 마법 도구라서 지금은 협회에서 사용금지 처분을 내렸어요."

"리스크?"

내 질문에 쓰키시로가 머리카락을 귀 뒤로 넘기며 대답했다.

"그 나침반은 마법 도구뿐만 아니라 찾는 물건이 무엇이든 정확히 짚어내는 편리한 마법 도구야. 나는 통제할 수 없어서 지금은 크롤리가 보관하고 있어."

쓰키시로의 말을 듣고 그렇구나 하며 한숨을 쉬었다. 그렇게 편리한 마법 도구가 있었다면, 쓰키시로가 벌써 사용했겠지. 그러지 않은 데는 이유가 있으리라. 나는 나침반에 대한 생각을 접었다. 하지만 나와 달리 포기하지 않는 사람이 있었다.

"저, 그러면 내가 써볼까? 내가 사용하면 다마키에게 피해가 갈 일도 없잖아."

"농담하지 마. 도노라면 몰라도 이즈미 언니에게 그런 위험한 물건을 쓰게 할 수는 없어."

"나는 왜 괜찮은 건데? 나도 위험한 건 싫어."

"흐흐, 그렇지. 아무래도 난 안 되겠지. 그래도 좀 아쉽네. 역시 안 되는 건가? 쉽지 않네."

과장되게 어깨를 움츠리는 이즈미 씨는, 다음 순간 아무 문제도 없다는 듯 시답잖은 일들로 화제를 돌려 이야기꽃을 피웠다. 나는 의심이 커졌다. 지금 이 느낌은 뭐지? 어디까지가 진심인 걸까? 몽환의 나침반을 써보자고 말한 게 그냥 떠올린 제안은 아닐 거라는 생각은 나만의 착각인가? 그게 아니라면…….

다음 날 의심은 더욱 커졌다. 쓰키시로는 단서를 하나도 찾지 못한 상황에 분통이 터졌는지 갑자기 이런 말을 했다.

"도노, 네가 죽으면 되겠네. 그럼 죽은 사람들이 너를 동료라고 생각해서 하나둘 거리로 나오지 않을까?"

"좋은 제안인데 치명적인 오류가 있어. 네가 들고 있는 두꺼운 책으로는 죽는 정도로 끝나지 않을 것 같은데."

그렇게 우리는 어떻게 흘러가도 상관없는 대화를 나누고 있었다. 그 와중에 오늘도 유모차를 끌고 온 이즈미 씨는 쓰키시로가 화장실에 가느라 자리를 비운 틈을 타 내게 이런 질문을 했다.

"도노, 크롤리는 어떤 사람이야?"

"네?"

"어제 말했잖아. 마법협회 사람이라고. 만나본 적 있어?"

"네, 뭐, 만난 적이 있기는 해요."

최악의 만남이었다는 건 덮어두었다.

"이즈미 씨는 마법협회에 대해 모르셨나 봐요. 알고 계시는 줄 알았어요."

"난 이 가게랑 인연이 있을 뿐 마법에 대해선 잘 모르니까. 마법협회라는 것도 얼마 전에 알았어. 도노는 어떻게 생각해? 크롤리라는 사람에게도 상담을 해보는 게 좋을까? 그 사람이 몽환의 나침반을 가지고 있는 모양이던데."

"글쎄요. 저도 마법은 자세히 몰라서요."

대화는 거기서 끝났다. 쓰키시로가 돌아왔기 때문이다. 하지만 그 짧은 대화는 내 의심을 자극하기에 충분했다.

그날 밤.

"역시 부자연스럽지 않아?"

"글쎄, 그것만으로는 잘 모르겠는데."

오후 8시 무렵, 집에 돌아온 나는 전에 받아둔 명함에 적힌 번호로 전화를 걸어 크롤리와 통화를 했다. 용건은 당연히 이즈미 씨에 관한 것이었다.

"그래서 도노 넌 어떻게 생각하는데?"

"솔직히 이즈미 씨가 죽은 사람을 살리는 마법 도구를 갖고 싶어하는 것 같아."

내 생각을 말했다. 동기는 알 수 없다. 이유가 무엇이든 중요한 건 그녀의 행동은 누가 봐도 부자연스럽다는 것이다. 관계가 소원해진 쓰키시로에게 갑자기 연락해오고, 몽환의 나침반을 가진 크롤리에게 연락을 하고 싶어 한다. 이 정도면 말 다했지.

"앞뒤가 맞긴 한데 좀 억지스러운 면도 있어. 다마키는 뭐래?"

"아무 말 안 했어. 아무래도 이즈미 씨에게 약점이 잡힌 것 같아. 내가 이즈미 씨를 의심하고 있다는 사실을 알면 아마 난리 날 거야. 여기에 대해 뭐 아는 거 없어?"

"후후, 내가 여성의 사생활을 떠벌릴 정도로 촌스럽지는 않아서."

크롤리에게 의외로 믿음직스러운 구석도 있구나. 아무것도 알아낸 것이 없지만 의논한 보람은 있었다.

"글쎄, 네가 다마키에게 빚을 졌고 아무래도 그게 신경이 쓰인다면, 작전이 하나 있기는 해."

"작전?"

크롤리가 말한 작전이란 단순하다기 보다는 조잡했다. 다음 날 이른 아침, 그는 우리 집에 들러 파란색 방울을 전해줬다.

"이 마법 도구는 거짓말 탐지기 같은 거야. 거짓말을 들으면 쨍하고 울리지."

크롤리는 그렇게 말했다.

시험 삼아 "쓰키시로는 성모 마리아 같은 사람이다."라고 말했더니 바람이 불지도 않았는데 쨍, 하는 아름다운 소리가 울렸다. 진짜 마법 도구가 맞나 보다. 어느 정도 믿음이 생긴 나는 크롤리에게 고맙다고 인사하고 헤어진 뒤 곧바로 작전을 세웠다.

학교에서 수업을 들으면서도 머릿속으로는 계속 시뮬레이션했다. 점심시간이 지난 뒤 마음의 준비를 하고 폴라리스로 향했다. 이즈미 씨는 분명 오늘도 폴라리스에 올 것이다.

조사를 시작한 지 어느덧 열흘이 훌쩍 넘었다. 예상대로 이즈미 씨가 가게에 와 있었다. 아이와 산책 나온 김에 들렀다고 했지만, 이유야 아무래도 상관없었다. 주머니에 몰래 숨겨온 방울을 생각하며 기회를 엿봤다.

"죄송해요, 이즈미 언니. 일에 너무 진척이 없네요."

"괜찮아, 다마키. 초조해하지 마."

세상 돌아가는 이야기를 주고받는 두 사람 곁에서 나는 기회를 엿보고 있었다. 이때는 비교적 가벼운 마음으로 작전을 세우고 있었다. 이즈미 씨가 어딘지 모르게 의심스러우니 내 의심이 맞는지 확인해보자 정도였다. 쓰키시로도 별다른 수가 없는 것 같으니 가끔은 아르바이트생이 활약하는 것도 나쁘지 않겠지 하는 가벼운 마음이었다. 사건이 해결되고 사태가 좀 진정되면 더할 나위 없이 좋을 것이다. 확신은 조금도 없었지만 나는 작전을 실행에 옮겼다. 이즈미 씨는 정말로 마법 도구를 갖고 싶은 걸까. 쓰키시로는 왜 이즈미 씨 앞에서만 쩔쩔맬까. 그런 것들을 좀 더 진지하게 고민한 뒤에 행동에 옮겼더라면 좋았을 텐데. 어리석은 생각은 결국 돌이킬 수 없는 사태를 몰고 왔다.

쩽.

"응?"

방울 소리는 뜻밖의 순간에 울렸다. 소리가 작아 두 사람은 눈치채지 못했지만 쓰키시로와 이즈미 씨가 대화를 나누던 중 울린 게 확실했다. 뭐야, 지금 반응한 건가?

"그렇군요. 아기들도 예방접종을 해야 하는군요."

"그럼. 꽤 자주해야 하더라고. 얘도 곧 접종하러 가야 하는데."

쩽.

"도노, 방금 무슨 소리 나지 않았어?"

"아니."

순간적으로 내뱉은 거짓말이 패착이었다. 내 거짓말에 방울은 다시 반응하며 쩽 하고 큰 소리를 냈다.

'들키겠네…….'

이미 늦었다. 쓰키시로가 의심의 눈초리를 보내며 물었다.

"도노, 너 뭐 숨기는 거 있지?"

"내가 뭘 숨겨?"

"솔직히 말해."

"솔직해, 지금. 존경하는 주인님에게 뭔가를 숨길 리 없잖아."

쨍.

"도노, 좀 다른 이야기인데, 나는 가끔 내가 유머 감각이 없는 건 아닐까 생각하는데 너도 그렇게 생각해?"

"설마. 네 유머 감각이야 늘 눈부시게 빛나지."

쨍.

"도노, 주머니 안에 있는 거 다 꺼내봐."

"아니, 그……."

"됐으니까, 빨리."

발뺌하는 건 불가능했다. 쓰키시로는 거침없이 다가와 바지 주머니에 마구 손을 넣었다. 그리고 파란색 방울을 꺼내더니 곧바로 눈살을 찌푸렸다.

"진실의 방울이잖아. 거짓말을 간파하는 마법 도구. 네가 이걸 왜 갖고 있어?"

"예뻐서 오다 주웠어. 너한테 항상 고마워서 선물하려고."

쨍. 쨍.

내 떨떠름한 표정을 보고 짐작했을 것이다. 쓰키시로는 한숨 섞인 목소리로 물었다.

"크롤리구나. 대체 무슨 일이 있었던 거야?"

"아니, 그게……."

"설명은 나중에. 각오해."

"으……."

작전은 보기 좋게 실패했다. 방울을 빼앗긴 나는 고개를 떨어뜨렸다. 젠장, 이게 아닌데.

하지만 이 일이 예상외로 사태를 진전시키는 계기가 됐으니 역시 세상일은 모르는 거다.

"정말 죄송해요, 언니. 우리 아르바이트생이 과묵한 변태라……."

"그런 말이 지금 왜 나와?"

"으, 응. 뭐 괜찮아, 그런 건."

"하던 이야기나 계속해요. 교혜이도 예방접종을 받는구나. 언제예요?"

"응, 곧. 얼마 안 남았던가……."

쨍.

"이즈미 언니?"

이즈미의 얼굴이 창백해졌다. 쓰키시로도 알아차렸을 것이다.

"언니, 무슨 일 있어요?"

"아무 일 없어, 아무 일도."

쨍.

"왜 거짓말을 하는 거예요, 대체?"

대답 없는 이즈미 씨를 앞에 두고 내 몸이 자연스럽게 움직였다.

"솔직히 말할게요, 이즈미 씨. 전 당신이 죽은 사람을 살리는 마법 도구를 손에 넣고 싶어하는 게 아닐까 생각하고 있어요. 그걸 확인하려고 이 방울을 가져왔어요. 내 생각이 맞아요?"

"아니, 틀렸어. 그런 건 아니야."

방울이 울리지 않았다. 그 사실이 내 머리를 선명하게 했다. 쓰키시로와 조금 전의 대화에서 교헤이에게 예방접종을 해야 한다고 했다. 설마 이 사람…….

"이즈미 씨, 혹시 당신은 죽은 사람을 살리는 마법 도구에 대해 알고 있나요?"

"몰라."

쨍.

"교헤이에 대해 뭔가 숨기고 있죠?"

"음……."

나는 더 이상 예의를 차릴 여유가 없었다. 쓰키시로의 팔을 잡고 얇은 투명 장갑을 벗겨 그녀의 왼손을 교헤이에게 닿게 했다. 이즈미 씨가 말리려고 했지만 내가 한 발 더 빨랐다.

"아니, 그런……. 앗!"

"쓰키시로, 뭐가 보였어?"

"나쁜 예감은 틀리는 법이 없어."

내 질문에 쓰키시로가 파랗게 질린 얼굴로 대답했다.

"이 아이가…… 교헤이 자체가 마법 도구인 것 같아."

"뭐?"

나는 무슨 말인지 알 수 없어 엉뚱한 소리를 내고 말았다.

쓰키시로가 떨리는 목소리로 대답했다.

"이 아이의 몸은 사람의 몸이 아니야. 지금, 마음이 흘러들어 왔어. 죽은 사람을 소생시키는 마법 도구에 교헤이의 영혼이 깃들어 있어. 이건 아기 모양을 흉내 내고 있을 뿐이야. 이즈미 언니, 대체 무슨 일이에요?"

쓰키시로가 폭풍처럼 몰아붙였다. 쓰키시로가 목소리를 높였다. 이즈미 씨 역시 다급해서 그랬는지 원래 그런 성격이었는지는 알 수 없지만, 가벼운 한숨 뒤에 차가운 눈망울과 목소리로 중얼거렸다.

"성공할 줄 알았는데, 역시 들킨 건가?"

"이즈미 언니!"

매달리는 듯한 쓰키시로의 목소리는 전해지지 않았다. 이즈미 씨가 조금 전까지 보여준 평온함은 온데간데없었다. 이즈미 씨는 무서우리만치 차가운 목소리로 말을 이었다.

"별로 대단한 건 아니야. 반년 전에 이 아이가 태어났는데 두 달 전 내 부주의로 죽었어. 잠시 한눈을 판 사이 베란다에서……. 그런데 이 아이는 죽고 싶지 않았나 봐. 죽을 때 평소 좋아하던 장난감을 쥐고 있었거든. 그것이 마법 도구가 된 거겠지. 장례식을 겨우 마치고 돌아왔는데 얼마 후 마법이 발현된 거야. 그 마법 도구가 이 아이의 영혼을 불러들여 되살려주었어. 덕분에 이렇게 같이 있을 수 있게 되었어. 이게 전부야."

아무 일 아니라는 듯한 담담한 목소리에 나와 쓰키시로는 아무 말도 할 수 없었다. 다리가 후들후들 떨리고 등에는 식은땀이 흘렀다. 방울은 더 이상 울리지 않았고 침묵은 한층 더 공포를 불러일으켰다. 이즈미 씨의 웃는 얼굴이 이때만큼은 사람의 미소처럼 보이지 않았다. 섬뜩하리만치 차가워서 마치 소중한 감정 하나를 잃어버린 것처럼 보였다.

"여기저기서 죽은 자들이 부활한 것도 당신이 저지른 일이에요?"

떨리는 목소리를 간신히 진정시키고 물었다. 이즈미 씨는 작게 고개를 흔들었다.

"아니, 그건 아니야. 이 아이가 소생한 지 얼마나 지났을 때였어. 여기저기서 죽은 사람이 살아났다는 소문이 들렸어. 그때 생각했어. 이 마법 도구가 세상에 영향을 끼친 거면 어쩌지? 솔직히 당황했어. 나도 남편도 이 아이가 되살아나서 정말 기뻤으니까. 하지만 이대로 가다가는 마법사나 마법협회에 들킬지도 모른다고 생각했어. 그래서 당신과 다마키를 이용한 거야."

"그렇군. 그런 거였군."

이마에 송골송골 땀방울이 맺혔다. 애써 미소를 띠었다. 숨을 길게 내쉬며 머릿속을 정리했다. 역시 모든 답은 4년간의 공백 안에 있었다. 마법 도구 덕분에 교헤이가 소생했지만, 부작용으로 다른 죽은 자들마저 살아나 거리를 떠돌게 됐다. 쓰키시로나 마법협회가 소문을 알게 되는 것은 시간 문제였다. 그렇게 되면 몽환의 나침반에 의해 자신들의 소행이 들켜버릴지도 모른다.

자연의 섭리를 저버리는 마법 도구가 몰수당할 것은 불 보듯 빤하다. 이즈미 씨는 교헤이의 영혼을 영원히 지켜내고 싶었을 것이다. 아들과 함께 있고 싶은 엄마의 마음은 누구나 같으니까. 그래서 쓰키시로를 이용해 몽환의 나침반을 빼앗고 마법협회에 덜미를 잡히지 않게 대비할 계획이었던 것이다.

"세상에……."

쓰키시로도 모든 것을 이해했는지 당황한 기색이 역력했다. 안타깝게도 지금은 그녀에게 의지해서는 안 될 것 같았다. 떨림을 억누르며 내가 말했다.

"하지만 안타깝게도 계획은 실패인 것 같군요. 이렇게 들켰으니까요. 크롤리를 부를 테니 꼼짝 말고 거기에 있어요."

충격이 컸는지 무릎의 떨림이 멈추지 않았지만, 머릿속은 어느 때보다 냉정했다. 충격적인 사실이지만 그래도 상황은 우리에게 유리하다. 크롤리에게 모든 사실을 말한 뒤 이즈미 씨가 도망가지 못하도록 지키면 된다. 이래 봬도 남자다. 오늘만큼은 어떻게든 이 가느다란 팔뚝이 힘을 내야 한다. 그렇게 결심하고 이즈미 씨를 노려봤다.

"후후. 도노, 유감스럽지만 내가 이겼어. 왜냐하면 너는 나를 막을 수 없으니까."

"무슨 말을 하는 거예요? 쓰키시로, 유모차 잘 잡아. 이 여자는 내가……."

"안 될걸. 아무것도 모르는군. 너는 나를 막지 못해. 그래서 이용한 거야."

"뭐라고요?"

무슨 말인지 알 수 없었다. 당황한 사이, 승부가 나뉘었다. 눈앞에서 뜻밖의 일이 벌어졌다. 쓰키시로가 내 앞을 가로막았다. 내 두 팔을 꽉 잡았다.

"뭐하는 거야? 쓰키시로!"

"이즈미 언니…… 빨리, 빨리 도망쳐요."

"고마워. 그럼 실례."

이즈미 씨는 교헤이를 태운 유모차를 밀며 우아하게 돌아갔다. 멈춰 세우려고 했지만, 쓰키시로가 그리 세지 않은 힘으로 나를 옭아매려 애쓰고 있었다.

"쓰키시로."

"부탁이야, 도노. 이즈미 언니를 봐줘."

"바보 같은 소리 하지 마. 저 여자는 너를 이용했다고. 이제 너도 알잖아."

"알아. 알지만……."

쓰키시로는 떨리는 목소리와 허탈한 눈동자로 매달렸다. 왜 이러는 거지? 찰나의 생각에 답을 말한 사람은 이즈미 씨였다.

"교헤이는 말이야. 나 때문에 죽었어. 잠깐 한눈을 판 사이에 걷잡을 수 없게 됐지. 다마키도 그렇게 4년 전에 가나에 씨를 죽였어."

"이게 무슨 소리야?"

이즈미 씨는 표정은 웃고 있지만 감정을 잃어버린 듯한 목소리로 말을 이었다.

"4년 전 이 가게에 의뢰인이 한 명 왔었어. 정치인이었는데 마법 도구에 시달린다나 뭐라나. 가나에 할머니와 다마키는 마법의 힘으로 의뢰인의 고민을 훌륭하게 해결해줬어. 하지만 그 남자는 조사 과정에서 속마음을 들킨 것에 굉장히 분개했어. 도와달라고 해놓고 가나에 할머니와 다마키에게 온갖 욕설을 퍼부으며 돌아갔어. 그것이 비극의 시작이었지."

팔에 통증이 느껴졌다. 내 팔을 잡은 쓰키시로가 소리 없이 외치고 있었다. 나는 움직일 수 없었다.

"어느 날 그 정치인이 사회적으로 추락했어. 이런저런 악행이 발각되면서 재산의 대부분을 빼앗겼지. 원인은 다마키였어. 다마키가 조사 과정에서 정치인의 마음을 들여다보다가 그 사람이 저지른 악행을 알고 안이하게 언론에 흘린 거야. 뭘 바라고 그런 게 아니라 답답해서 그랬겠지. 그 뒤부터 정치인은 이 가게를 괴롭히기 시작했어. 가나에 할머니는 원래 심장이 약해서 늘 약을 드셨는데, 심적 피로가 겹쳤는지 결국 불의의 사고로 쓰러지셨어. 그날 하필 다마키가 한밤중에 놀러 나갔던 거야. 아무도 없었던 탓에 가나에 할머니는 그날 밤 세상을 떠났어. 내 은인인 가나에 할머니가 다마키 때문에."

"……."

밝혀진 사실은, 나와 쓰키시로의 마음을 아프게 하기에 충분했다. 나에게 가냘픈 쓰키시로의 손을 뿌리칠 힘 따위가 있을 리 없었다.

"알겠어? 가나에 할머니를 아는 사람이라면 누구나 다마키를 원망해. 특히 나는 그 당시 할머니에게 상담을 받고 있었기 때문에 더욱더 그랬지. 가나에 할머니는 다마키를 어떻게 키울지 진지하게 고민하고 있었어. 할머니는 언제나 누군가를 위해 필사적으로 나설 수 있는 멋진 사람이었어. 과거에 나를 구해주었을 때도 정말로 열심이었고, 그 이후로도 줄곧 내게는 둘도 없는 사람이었는데…… 다마키가 내 말을 거역하지 못하는 건 그 때문이야. 소중한 사람을 죽게 한 내 고통을 다마키는 누구보다도 잘 알 거야. 그래서 다마키는 이용할 가치가 있었지. 생각보다 도움이 되지는 않았지만."

이즈미 씨가 얼어붙은 목소리로 말하며 이쪽으로 다가왔다. 그리고 쓰키시로와 내게 마지막 속삭임을 남겼다.

"절대로 교헤이가 죽게 두지 않을 거야. 이 아이는 살고 싶어해. 이번에는 엄마로서 꼭 지킬 거야. 이번엔 절대로⋯⋯."

이즈미 씨는 아무 말도, 아무것도 할 수 없는 우리 둘을 저주하듯 묶어둔 채 가게를 떠났다. 어느새 쓰키시로는 내 팔을 놓고 말없이 고개를 숙이고 있었다. 불현듯 크롤리가 앞으로 다가올 일에 대해 각오가 되어 있냐고 물었던 일이 생각났다. 그런 각오 따위 있을 리 만무했다. 나는 이런 일이 일어날 줄은 짐작도 하지 못했다.

진실의 방울은 계산대 위에 놓여 있었다. 숨죽인 진실의 방울 대신 도어벨이 바람에 흔들려 딸랑 소리를 냈다.

"하아⋯⋯, 왜 이런 일이?"

시간이 흘러 사흘이 지난 어느 밤, 나는 내 방 침대에 누워 천장을 올려다보았다. 얼마나 그렇게 있었을까. 움직일 기력도 없었다. 상황은 최악이라고 할 수 있었다.

그날 이즈미 씨가 돌아간 후, 어떻게든 쓰키시로와 대화하려고 노력했지만 쓰키시로는 좀처럼 마음을 열지 않았다. 무슨 말을 해도 묵묵부답이었다. 끝내 텅 빈 눈동자로 "미안해. 오늘은 돌아가."라고 할 뿐이었다. 나는 어쩔 수 없이 가게를 나와 집으로 향했다. 지금 생각하면 억지로라도 가게에 있을걸 그랬나 싶다.

다음 날 학교에 갔지만 쓰키시로는 보이지 않았다. 폴라리스에 다시 가봤지만 문은 자물쇠로 단단히 잠겨 있었다. 쓰키시로는 어디에 있는 걸까? 괜찮은 걸까? 짐작도 할 수 없었다. 속수무책으로 눈 깜짝할 사이에 사흘이 지났다. 큰일이다. 무슨 수를 내서라도 쓰키시로를 찾아야 한다. 하지만 나는 마법사가 아니니까 특별한 방법은 없었다. 침대에 누워 한숨만 쉬는 날이 지나갔다.

"어쩌지? 무슨 수가 없을까?"

머리를 정리할 필요가 있다고 생각하며 생각을 가다듬었다. 결국 문제가 된 건 교헤이를 살리려는 이즈미 씨의 의지다. 그게 사건의 발단이다. 나 혼자서 마법에 대응할 순 없다. 이 사건을 해결하려면 크롤리에게 사건의 전말을 알리고 도움을 구하는 게 최선이다. 이즈미 씨가 집에 있는지 종적을 감추었는지조차 알 수 없지만, 어쨌든 크롤리라면 방법을 찾을 수 있을지도 모른다. 하지만 쓰키시로 때문에 선뜻 도움을 요청할 수 없다.

이번 사건은 쓰키시로에게 속죄의 의미가 있다. 이런 이유로 크롤리에게 연락하기는 쉽지 않다. 억지로 사건을 해결한다 해도 쓰키시로와 이즈미 씨의 관계는 계속 어색하고 쓰키시로는 죄책감에서 벗어날 수 없을 것이다. 그런 결말도 괜찮다는 생각은 도저히 들지 않았다. 거기까지 예상하고 쓰키시로를 이용한 것이라면, 이즈미 씨는 엄청난 전략가임에 틀림없다.

"젠장, 어떻게 하지? 어떻게 해야 방법이 생각날지 도무지 모르겠네."

이제 어려워진 것 아닌가. 더는 해결할 수 없을 것 같았다. 그러면서도 나는 왜 이렇게까지 고민하는 걸까. 생각해보면 그저 아르바이트생인 나와는 상관없는 일이다. 내가 쓰키시로를 도와야 할 의무도 없다. 그러니 더는 신경 쓰지 말고 크롤리에게 말할까. 그러다 어색해지면 아르바이트를 그만두면 되지.

'……'

뇌는 정상적인 기능을 잃고 빙빙 돌았다. 덕분에 그날 밤은 잠자리에 들기까지 오랜 시간이 걸렸다. 그래서였을까. 얕은 잠 속에서 이상한 꿈을 꾸었다. 꿈인지 현실인지 알 수 없는 꿈.

"하루."

"응?"

어둠 속, 눈앞에서 희미하게 빛나는 무언가가 그리운 목소리로 나를 불렀다. 바로 알 수 있었다.

"이 목소리는……. 설마……."

"후후, 맞아. 하루를 만나러 왔어."

그리운 그 목소리. 장난기 어린 말투. 꿈 특유의 애매한 감각이 윤곽을 이루었다. 침을 삼키며 물었다.

"엄마……야?"

"맞아. 오랜만이네, 하루."

희미하게 반짝이는 어렴풋한 빛이 그렇게 대답했다. 표정은 없었다. 표정이 없다기보다는 사람의 형체를 이루지 못한 무언가에 가까웠다. 하지만 그 따뜻함만큼은 틀림없었다, 하지만.

엉겁결에 물었다.

"……미안하지만, 엄마가 맞다는 증거를 보여줘."

"너무하네! 엄마를 의심하다니!"

내 말에 눈앞의 빛나는 물체가 한눈에 알아볼 만큼 분노했다. 하지만 어쩔 수 없었다. 최근 비슷한 상황에 속은 적이 있었다. 그 일을 생각하면 의심하는 게 당연하다. 당최 빛나기만 할 뿐

얼굴도 무엇도 보이지 않으니 어쩔 수 없다. 나는 그렇게 변명
했다. 그러나 엄마(라고 생각되는 빛)는 내 말을 들어주지 않았다.

"이런. 웬일로 마법 도구가 대폭 할인 서비스를 해준다기에
어렵게 만나러 왔는데, 이렇게 매정하게 나올 줄이야. 마마보이.
과묵한 변태. 전투력 5밖에 안 되는 쓰레기!"

"역시 우리 엄마 맞구나. 자기 아들을 아저씨처럼 말하다니
섭섭해. 근데 왜 자꾸 꿈에 나타나는 거야? 요즘 꿈에서 얼마나
일이 많은데."

엄마와의 재회라는 감개무량한 상황을 앞두고 나는 냉정하게
말했다. 어쩌면 엄마가 너무 자연스러워서 그랬는지도 모른다.
역시 진짜는 본능으로 아는 법이다. 그런 내게 엄마가 말했다.

"깨어 있을 때 만나러 와도 좋았겠지만, 여론이 별로 좋지 않
겠더라고."

"죽은 사람도 여론을 따지나?"

"그럼. 그러니까 모두 마법 도구를 핑계로 얼굴만이라도 비
추고 오자고 했지. 엄마도 원래는 얼굴만 비추고 갈 생각이었는
데, 역시 그렇게는 안 되겠더라고."

"아."

엄마는 반짝이는 덩어리인 모습 그대로 내 쪽으로 다가와 나

를 부드럽게 끌어안았다. 그리운 향기가 주변을 맴돌고 마음이 투명해지는 것만 같았다. 오래된 기억이 되살아났다.

"하루, 오랜만이야. 외롭게 해서 미안해."

"……."

순간, 내 속에서 무의식적으로 참고 있던 것이 단번에 쏟아져 나왔다. 엄마를 잃은 슬픔, 외로움, 갑작스러운 이별, 후회. 많은 것들이 넘쳐 나왔다. 그동안 얼마나 갈증을 느끼고 있었는지 내 마음이 얼마나 채워지지 않았었는지 이제야 알 수 있었다.

아무 말도 할 수 없었다. 울음이 터질 것 같은 나를 어루만져 주듯 엄마가 말을 이었다.

"엄마는 늘 하루를 지켜보고 있었어. 혼자 힘으로도 정말 열심히 잘 살더라."

"나 정말 힘들었어."

"미안해. 그날 엄마가 손을 괜히 흔들어서 하루가 맘고생이 심했지?"

"아니야, 내가 혼자 죄책감에……."

"하루가 잘못한 게 아니야. 하루는 이렇게 노력하고 있는데……."

엄마에게 안기자 머릿속에 엄마의 시점이 펼쳐졌다. 지금까지 나를 멀찍이 떨어진 어딘가에서 바라봐왔던 것이 느껴졌다. 짓궂은 친구들과 싸우던 초등학교 시절. 그 후의 외로웠던 일상. 계속해서 장면은 전환됐다.

"아."

"쓰키시로 다마키. 이 아이가 하루를 구해줬구나."

열쇠 꾸러미를 들고 맨 처음 폴라리스에 갔던 장면으로 시작해 온갖 풍경이 지나갔다. 쓰키시로가 조사랍시고 내 방을 뒤지는 모습, 말다툼하는 모습, 기억을 되찾고 눈물짓는 내 곁에 함께 있어준 모습. 아르바이트생으로 고용할 때의 모습. 장면은 그 뒤로도 계속 이어져 아라시야마의 동생 쓰바키를 만났을 때의 모습, 소소한 대화를 나누거나 티격태격하는 모습. 드림캐처의 저주에서 구해줬을 때의 모습으로 이어졌다. 그리고 침대 위에 누워 어둠에 휩쓸릴 것만 같던 나를 구하려고 간절한 얼굴로 손을 뻗는 쓰키시로의 모습이 나타났다.

"……."

"하루, 네게 이 아이는 어떤 존재야?"

"뭐야, 갑자기?"

내 물음에 아랑곳하지 않고 엄마는 계속 물었다.

"하루가 쓰키시로와 알게 된 건 얼마 안 됐잖아. 가족도 아닌 그냥 아르바이트생일 뿐이고. 하루가 뭔가 더 해줄 필요는 없지. 그렇지만 말이야."

한숨을 내쉰 엄마는 쓸쓸하면서도 따뜻한 눈동자로 말했다.

"하지만 이 아이와 하루는 이미 친구야. 표현을 못 할 뿐이지 이미 알고 있을 것 같은데. 그런데 아직도 스쳐 지나갈 사람이라고 생각하는 거야?"

"몰라, 그런 거."

엄마의 말에 무심코 흘러넘친 속마음을 숨기려고 안간힘을 썼다. 하지만 이내 속수무책으로 눈물이 흘렀다.

"친구 같은 건 있어본 적이 없어서 이런 게 친구인지 아닌지 모르겠어. 상처받은 마음마저 파고드는 게 맞는 건지 정말 모르겠어. 돌아가라고 해서 이제는 만날 수도 없어. 그 말은 그러니까, 우리의 관계가 여기까지라는 거 아닐까? 자꾸 그렇게 생각돼. 애초에 우리가 정말 친구였는지도 잘……. 그래서 나는……."

고통. 나약함. 고민. 엄마가 앞에 있어서인지 아니면 모호한 꿈속이라 그랬는지 평소였다면 결코 드러내지 않았을 것들이 내 안에서 술술 흘러나왔다. 그런 내게 엄마는 망설이지 않고 가야 할 길을 제시했다.

"하루, 옳은지 그른지는 중요하지 않아. 진짜 친구인지 아닌지도 상관없어. 네가 이 아이를 위해서 어떻게 하고 싶은지가 중요해. 이 아이는 상처받고 외로워하고 있어. 내버려둘 수 없다면, 혼자 둘 수 없다면 그게 답이야."

"……."

"하루가 아르바이트생이 되어준 게 그 아이는 기뻤을 거야. 그래서 그렇게 열심히 하루를 도와줬을 거고. 넌 어떻게 하고 싶어? 정말 이대로 좋은 거야? 넌 그 아이와 정말로 친구로 지내기를 바라는 거야?"

마지막 말이 열쇠였다. 내 안에서 무언가가 찰칵하고 열렸다. 뾰로통한 얼굴이 선하다. 붙임성 없고, 잘난 척하고, 투정만 부리고, 유머 감각도 없지만 때로 쓸쓸해 보이고, 마음속으로는 친구를 원하고, 누군가와 관계 맺는 것을 포기할 수 없는 사람. 무슨 일에든 서툴지만 가끔은 따뜻한 말도 할 줄 아는 사람.

'가끔은, 아주 가끔이지만 착한 사람에게 힘이 되어주는 것도 좋지 않을까. 그런 생각이 들더라고.'

쓰키시로의 목소리가 들리는 듯했다.

"뭐 나도 아라시야마에게는 미안하지만, 1호를 비워둘 생각이었어."

"괜찮아. 아무 데도 안 가."

"……엄마."

"응."

"모처럼 만나서 반가웠지만, 미안. 나 지금 가야 할 곳이 있어."

"응. 파이팅이야. 하루, 알지? 이럴 때 어떻게 하면 되는지."

"아, 이럴 때를 위한 마법이 있었지. 고마워요, 엄마. 멋진 걸 남겨줘서."

그렇게 말하며 나는 엄마를 향해 손을 흔들었다. 십 년이 지나서야 아들이 손 흔드는 모습을 본 엄마는 잠시 놀란 듯하더니 이내 고개를 숙이고는 얼굴을 일그러뜨렸다. 하지만 곧 웃는 얼굴로 마주 손을 흔들어주었다. 빛나는 물체는 어느새 내가 익히 알던 엄마의 모습으로 바뀌어 있었다. 더는 망설이지 않았다. 어둠이 걷히고 있었다. 고마워, 엄마. 약속대로 지켜봐줘서. 빛의 소용돌이가 나를 깨웠다.

"……."

몸과 마음이 동시에 깼다. 한밤중, 내 방이었다. 무심코 시계를 보니 새벽 2시 50분이라는 숫자가 눈에 들어왔다. 꿈을 꾸어서였을까. 잠을 잤다는 느낌은 전혀 없었다. 머릿속은 이미 각성 상태였다. 다음에 어떤 행동을 해야 할지 떠오른 것은 순식간이었다.

"내가 갈 테니 기다려."

자연스럽게 몸이 움직였다. 생각은 전혀 필요 없었다. 정신을 차려보니 집을 뛰쳐나와 한밤중의 거리를 달리고 있었다.

어둠 속에서 별들만 깜박이는 깊은 밤. 포근한 바람이 부는 외로운 밤. 거칠게 숨을 내쉬며 쉴 새 없이 자전거 페달을 밟았다. 밟고 또 밟았다. 골동품 가게에 도착한 것은 순식간이었다. 예상대로 불은 꺼져 있고 문은 여전히 자물쇠로 잠겨 있었다. 나는 멈추지 않고 화분 밑을 뒤졌다. 언젠가 가게를 봐달라고 부탁할 때, 이곳에 열쇠를 숨겨두겠다고 했었다. 평소에는 절대 하지 않는 일이지만 나를 위해 일부러 열쇠를 숨겨두었다고 생색을 내던 일이 떠올랐다. 꽃이 없는 화분을 살며시 들었다.

"있다."

그곳에 열쇠가 숨겨져 있었다. 이 열쇠는 언제부터 여기에 있었을까. 망설이지 않고 문을 열었다. 한밤중의 가게는 전보다 더 깊이 잠들어 있는 듯했다. 고요히 잠든 오래된 골동품들을 지나 안쪽으로 갔다. 좁은 복도를 지나고 가파른 계단을 올라 결국.

"쓰키시로."

"……."

돔 모양의 지붕이 덮여 있는 방 한구석에 쓰키시로가 있었다. 밤에 둘러싸인 채 웅크리고 있는 모습이 더욱 외로워 보였다. 어두워서 표정은 보이지 않았다. 아니, 고개를 푹 숙인 탓에 얼굴을 볼 수 없었다는 표현이 맞을 것이다. 나는 근처 의자에 걸터앉았다. 의자의 삐걱거리는 소리를 끝으로 침묵이 흘렀다. 별들의 속삭임이 들릴 듯 말 듯 소리 없는 세상. 하지만 어색하지 않았다. 오히려 그 시간이 사랑스럽게 느껴졌다. 왠지 들뜬 기분이 들었다.

"쓰키시로, 내가 이야기 하나 해줄까?"

무수한 별들이 내게 용기를 줬다.

"그거 알아? 꿀단지 개미라는 개미는 배가 빵빵해질 때까지 배 속에 꿀을 쌓는대. 그래서 먹이가 바닥나면 동료들에게 영양분을 나누어준대. 완전 꿀 친구지. 그래서 꿀단지 개미라고 부르는 건가."

"……."

아무런 반응이 없었다. 아무래도 상당히 풀 죽은 모양이었다. 하지만 뭐 이럴 줄 알았으니까 괜찮다. 나는 이야기를 계속

했다.

"이건 어떤가 들어봐. 목매붙이라는 메뚜기의 암컷은 단성 생식이 가능해서 수컷 없이도 산란을 한대. 수컷 입장에서는 존재 의미가 사라지는 이야기잖아. 수컷들은 다 목매 죽고 싶을 거야. 그래서 이름이 목매붙이인가 봐."

역시 반응은 없었다. 그래도 기죽지 않았다. 보통 사람들은 이렇게 상처받은 여성에게 그럴듯한 말로 위로를 해주겠지만, 아쉽게도 내게 그런 언변이 있을 리 없다. 그래서 개그를 연발해서 쓰키시로의 기운을 북돋워주는 작전으로 나가기로 했다. 평소 지겹도록 재미없는 이야기를 들어준 것에 복수하려는 마음도 없지는 않았다. 쓰키시로가 침울해 있는 틈을 타 나는 쉴 새 없이 유머 폭격을 가했다. 잠시 뒤 마침내 쓰키시로가 입을 열었다.

"……도노."

"왜?"

"너 왜 왔어?"

"보면 몰라? 네가 그러고 있으니까 위로하러 왔지. 온 김에 개그의 진수도 보여주고."

내 말에 쓰키시로가 깊은 한숨을 내쉬었다.

"기대했던 내가 바보다."

"뭐야. 나한테 기대했어?"

"응, 조금. 의미는 없었지만."

"애석하게도 우리 사이에 그런 로맨틱한 건 없어."

"알아. 트레이닝복 차림으로 나타났을 때 이미 짐작했어. 보통 옷은 좀 차려입고 오지 않나? 자다 나온 복장이라니, 뭐야?"

쓰키시로는 다시 한 번 크게 한숨을 내쉬며 투덜거렸다. 기대와는 전혀 다른 현실이 마음에 들지 않는 것 같았다. 하지만 기분 탓인지 그렇게 말하는 목소리에서 생기가 느껴졌다. 한밤중에 웃음 띤 대화가 이어졌다.

"나 지금 꽤 상처받았어. 침울한 상태라고. 알기나 해, 이 기분을?"

"뭐야, 너 진짜 우울한 거야?"

"당연하지. 너랑 다르게 나는 섬세하고 아름답고 스타일까지 완벽하니까."

"은근슬쩍 자랑하지 마."

"사실이니까 해도 돼. 도대체 얼마나 이러고 있었던 건지……."

"그럴 만도 해. 그동안 고생 많았어."

"……그러니까. 그런데 위로도 안 해주다니……."

"우린 친구도 아닌데 뭐."

"뭐?"

순간 눈에는 보이지 않는 투명한 유리구슬이 깨지는 듯한 소리가 났다. 그녀가 무심코 고개를 들어 하얗게 질린 얼굴로 나를 바라봤다. 숨 막힐 듯한 고요함이 한동안 이어졌다. 그 와중에 나는 각오를 다졌다.

"그렇지. 맞아. 우린 친구가 아니지."

쓰키시로가 쓸쓸하게 말했다.

"난 네 할머니나 네 과거에 대해 잘 몰라. 그냥 아르바이트생일 뿐이니까."

"응……, 그래."

"그러니까 미안하지만 위로해줄 생각도 없어. 친구 1호 어쩌고 했던 말은 잊어줘. 그런 건 역시 아라시야마에게 어울려."

"알아. 나도 그런 건 알아."

"다만 지금 꼭 하고 싶은 말이 있어. 그 말을 하려고 왔어."

"뭔데? 이제 나 좀 혼자 있고 싶은데."

"그럴 순 없어. 미안하지만 내 진심을 받아줘."

다음 순간, 나는 그녀가 끼고 있던 장갑을 벗긴 뒤 내 왼손으로 그녀의 손을 세게 움켜쥐었다. 내 마음이 남김없이 전해지도

록 작고 여리고 사랑스러운 손을 꼭 잡았다.

"아니……."

"……뭐, 이런 거야."

손을 잡은 채 말했다. 얼굴이 빨개진 것을 느끼며 용기를 쥐어 짜냈다.

"나는 마법이나 너에 대해 아직 잘 모르지만 그런 건 아무래도 괜찮아. 아무래도 난 너를 이렇게 두지 못할 것 같아. 너와 친구로 지낼 생각이 없으니까."

"그, 그게……."

별들이 웅성거리는 밤. 은빛으로 빛나는 눈부신 그곳. 쓰키시로의 하얀 얼굴이 순식간에 붉어졌다. 나 때문인지, 잡은 손에는 어느새 땀이 배어 있었다. 쓰키시로는 손을 뿌리치려 했지만 나는 힘껏 움켜쥐었다. 놓을 생각이 없었다.

"놔."

"싫어."

"이거 성희롱이야. 우리 친구라며?"

"내 마음을 받아줘. 대답을 들을 때까지 안 놓을 거야."

"아니, 그게……."

고개를 흔들며 쓰키시로는 손을 빼려 안간힘을 썼다. 나는 더

강하게 움켜쥐었다. 한밤중에 트레이닝복 차림으로 여자 혼자 사는 집에 무단으로 침입해 손을 잡다니, 영 수상한 풍경이었지만 나는 그녀의 마음을 놓아줄 생각이 없었다. 쓰키시로는 체념한 듯 손이 잡힌 채 중얼거렸다.

"왜? 왜 내 편이 되려는 거야? 나는 별로⋯⋯."

"알잖아. 그러라고 마법이 있는 거 아냐?"

"네 목소리로 듣고 싶어."

말로 표현하는 것만큼은 피하고 싶었다. 하지만 괜찮다. 여기까지 왔는데 못할 건 뭔가. 부끄러움을 삼키고 입을 열었다.

"별건 아냐. 요즘 고민을 좀 했을 뿐이야. 마법에 대해서도, 너에 대해서도 잘 모르지만, 일개 아르바이트생인 내가 어디까지 파고들 수 있을까 줄곧 생각했어."

"⋯⋯."

"그러다 엄마에게 듣고 알았어. 아까 꿈속에서 엄마랑 이야기했거든. 엄마는 내가 어떻게 하고 싶은지가 중요한 거라고 했어. 친구든 아니든 그런 건 아무래도 좋아. 중요한 건 지위나 처지가 아니라 마음이었어. 그걸 깨달았어."

"마음⋯⋯."

"그렇게 생각하니까 망설임이 사라졌어. 정신을 차려보니 여기서 이러고 있네. 다시 말하지만 난 계산적인 사람이야. 네 과거에 대해서도 아는 게 거의 없지. 하지만 그렇기 때문에 쓸데없는 일에 얽매이지 않고 너와 이렇게 마주할 수 있는 것 같아. 열쇠 꾸러미를 계기로 마법을 접했을 때 사실 나 감동했어. 그런데 생각해보니 내가 감동한 대상은 마법이 아니라 날 구하려고 했던 네 마음이었어. 그러니까 뭐랄까. 다시 한 번 힘을 내줬으면 해. 다시 힘을 내서 앞으로 나아갔으면 좋겠어. 이번엔 내가 도와줄게."

"……."

단호하게 말했다.

평소답지 않게 낯 뜨거운 말들을 잔뜩 늘어놓았지만 어쨌든 말했다. 거짓 없는 마음을 털어놓았다. 내가 쓰키시로를 어떻게 생각하는지, 쓰키시로와 어떻게 지내고 싶은지에 대해 모두 털어놓았다. 정말이지 부끄러웠지만, 속 시원하기도 했다. 내게 이런 면이 있었다니 난생처음 알았다. 내 마음을 들은 그녀는 무슨 생각을 했을까.

밤이 미소 지었다. 별도 미소 지었다. 바람도 미소 지었다. 깜빡이는 별의 노래가 울려 퍼지는 신비한 밤. 하늘과 별이 축복하는 마법의 방. 겹겹이 쌓인 책, 천체망원경. 별자리 지도, 기차

모형. 그것들이 소리 없는 숨소리를 내는 가운데 쓰키시로가 긴 속눈썹을 깜빡이며 촉촉한 눈동자와 금방이라도 녹을 듯한 입술을 다문 채 생각을 가다듬었다.

"도노, 있잖아."

"응."

"첫째, 음침해."

"야!"

"둘째, 머리카락이 휘적거려서 거슬려."

"뭐야, 갑자기."

"셋째, 말투가 왠지 사람을 깔보는 것 같아서 불쾌해."

"잠깐만. 그건 네 생각이고."

"넷째, 늘 다른 사람을 얕잡아보는 경향이 있어."

"그것도 틀렸어. 뭔가 잘못……."

"다섯째, 내가 몹쓸 망상을 한 것 같아."

"그건 또 무슨 소리야?"

"후후후."

웃었다. 지금 웃은 거 맞지? 아주 잠깐이지만 철 가면을 쓴 것 같던 그 무뚝뚝한 여자가 웃은 거야? 놀란 나를 앞에 두고 쓰키시로가 말을 이었다.

"3시 29분. 조금 있으면 3시 33분이네."

"그러고 보니 그렇네."

"할머니가 돌아가신 시각이야."

"아, 그랬구나."

"도노, 4년 전의 진실을 들어볼래?"

후, 하고 작게 숨을 내쉬며 쓰키시로가 속삭이듯 말하기 시작했다. 정치인의 악행이 만천하에 드러난 건 쓰키시로가 제보했기 때문이 아니었다. 제보해버릴까 하고 주변에 말하고 다닐 정도로 화가 났던 건 사실이지만 행동에 옮기지는 않았다. 하필 그즈음 우연히 언론에 퍼졌을 뿐이다. 하지만 그 정치인은 쓰키시로가 폭로했다고 생각했고, 이것이 이즈미 씨를 비롯한 주변 사람들이 쓰키시로가 폭로했다고 오해하게 되는 계기가 됐다.

할머니가 쓰러진 날, 쓰키시로는 놀러 나간 것이 아니라 할머니의 부탁으로 정치인을 만나러 갔었다. 한번 인연을 맺은 이상 어떤 사정이 있더라도 힘들 때는 도와줘야 한다는 할머니의 뜻 때문이었다.

"그랬구나."

"응, 무슨 일이 있어도 남을 위해 노력했던 할머니를 세상에서 가장 존경해. 결국 그 정치인은 만나지 못했고, 할머니가 돌아가신 뒤에는 괴롭힘도 줄긴 했지만."

"……그 이야기를 나 말고 누구에게 말한 적 있어?"

"크롤리에게 들켰어. 하지만 누구한테도 내가 먼저 말한 적은 없어."

"아니, 그 반대로 모두에게 알려야 해."

"됐어. 그 남자가 전 재산을 잃었다고 했을 때 기뻤던 것은 사실이야. 그때 처음으로 할머니에게 혼이 났어. 다른 사람의 불행을 기뻐하는 사람이 되어서는 안 된다고, 나아가 남을 도와주는 사람이 되어야 한다고 하셨지. 괴롭힘을 당하더라도 말이야. 그리고 그날 밤에 할머니는 발작으로 쓰러지셨어. 내가 집에 돌아왔을 때는 이미 늦은 상태였어. 서둘러 구급차를 불렀지만 속수무책이었지. 새벽 3시 33분, 할머니는 병실에서 돌아가셨어. 나는 옆에서 보고 있을 수밖에 없어서……. 그러니까 됐어. 나도 지금이 편해."

쓰키시로는 속마음을 전부 털어놓았다. 할머니가 돌아가신 후 이즈미 씨에게 몹시 미안한 마음을 갖게 됐다는 것과 무슨 말을 해도 변명밖에 되지 않는다고 느끼게 됐다는 것. 그런 이즈미 씨를 4년 만에 만나 기뻤다는 것과 의지할 수 있어서 정말로 기뻤다는 것. 안타까우면서도 꺼림칙했지만 자신이 잘못했으므로 이대로 진실을 덮어둘 생각이었다고 쓰키시로는 말했다. 깊은 눈을 깜박이며 쓰키시로는 자조하듯 말을 이었다.

"그랬는데 왜였을까. 도노, 너만은 진실을 알아주면 좋겠다고 생각했어. 왜 그랬을까……."

내 눈을 바라보며 쓰키시로는 힘차게 손을 잡았다. 잡은 왼손에 마음이 담겼다. 손을 통해서, 기분이, 마음이 연결됐다.

"돌아가시기 전에 할머니는 정신이 들어서 이렇게 말씀하셨어. 내가 가진 마법을 저주해서는 안 된다고. 꼭 나를 도와주겠다고. 미움받기 쉬운 마법이지만 그래도 마음을 건네주는 사람이 있다면 그 사람이 내 운명의 사람일 거라고. 그렇게 말하고 돌아가셨어. 그 뒤로는 할머니가 돌아가신 새벽 3시 33분에만 마법을 완벽하게 컨트롤 할 수 있게 됐어. 할머니를 떠올리면, 그리고 밤하늘 아래에서 언젠가 만날 운명의 사람을 떠올리면 나도 혼자가 아닌 것 같았어."

시곗바늘이 움직였다. 새벽 3시 33분. 마법이 반짝였다. 그것은 얼음을 녹이는 마지막 열쇠가 됐다. 문이 열렸다. 그녀의 마음이 모두 전해졌다. 이것은 마법일까. 아니면 누구나 갖는 힘일까. 정확히 알 순 없지만, 나는 가까스로 깨달았다. 마법이 왜 존재하는지를. 사람의 마음은 왜 불완전한지를.

마법은 무엇과도 바꿀 수 없는 사람을 만나기 위해 존재한다. 우리는 모두 불완전한 만큼 소중한 누군가를 원한다. 그렇게 만나고, 사랑하고, 진정한 행복을 알게 된다. 마법은 서툰 우리에게 이런 것들을 가르쳐준다.

"도노,"

세상의 진실을 깨달은 밤. 아름답게 울리는 부드러운 목소리가 나를 불렀다.

"같이 싸워줄래?"

"응, 당연하지."

그렇게 말하며 나는 미소 지었다. 그녀도 아름다운 얼굴에 부드러운 미소를 띠었다. 거절할 이유가 없었다. 사람이 얼마나 사랑스러운 존재인지 알았으니까. 둘이라면 뭐든 할 수 있다는 걸 알았으니까. 포근한 바람과 함께 밤이 우리를 사랑스럽게 지켜보고 있었다.

우리는 함께 하룻밤을 보냈다. 말해두지만 이상한 짓은 하지 않았다. 여느 때처럼 별 의미 없는 대화를 주고받았을 뿐이다. 쓰키시로가 줄곧 잡고 있던 내 손을 바라보더니 이렇게 말했다.

"근데 도노, 너 손에 땀 좀 심하지 않냐? 아무리 미인의 몸에 손이 닿았다고 해도 그렇지 너무 흥분한 거 아냐?"

쓰키시로의 막무가내식 농담에 질린 나는 "미안. 미인의 몸에 내 땀을 문지르는 게 어릴 적부터 꿈이었어."라고 되받아치고는 쓰키시로의 피부를 장난스레 쓰다듬었다. 쓰키시로는 1인 재판을 열었다. 그날 밤에만 내게 징역 2만 년을 선고했다.

그렇게 아침을 맞은 뒤 일단 집에 와서 짐을 풀고, 다시 폴라리스로 갔다. 모든 일을 매듭짓기 위해서였다. 학교는 당연히 땡땡이쳤다. 졸음 따위는 달아나고 없었다.

"장소는 어딘지 알아?"

"아마 여기일 거야."

쓰키시로가 가리킨 장소는 내가 예상한 곳과 같았다. 서로에 대한 머뭇거림이 사라지자 머리가 맑아졌다. 이즈미 씨의 소재와 진실을 밝혀내기로 했다.

이즈미 씨는 몽환의 나침반을 손에 넣기 위해 쓰키시로에게 접근했다고 했다. 얼핏 사실처럼 들렸지만 아니었다. 교헤이가 마법 도구의 힘으로 되살아난 이상, 쓰키시로의 맨손이 닿기라도 하면 작전은 그대로 물거품이 된다. 아무리 생각해도 너무 허술했다. 우리는 그녀의 진짜 목적이 나침반이 아닐 거라고 추측했다.

전철을 타고 목적지로 향했다. 도착한 곳은 이즈미 씨가 근무

하는 교회였다. 주택가와 가까운 위치에 있는 그곳에는 위화감을 느끼게 하는 오래된 건물이 있었다. 문이 열려 있었지만 평일이라 그런지 아무도 없었다. 마침 목사도 없는 듯해서 우리에게 유리한 상황이었다. 드디어 결판을 낼 수 있을까. 거침없이 건물 안으로 들어가 문을 몇 개 열고 탕비실을 찾아 들어갔다. 내 예상이 맞다면 그녀는 분명히 이곳에 있을 것이다.

"찾았다, 이즈미 씨."

"앗!"

교헤이를 안은 채 웅크리고 앉아 마치 참회를 하듯 울고 있는 사람은 이즈미 씨였다.

"⋯⋯앗!"

"기다려!"

모든 것을 눈치챈 이즈미 씨는 도망치려고 했지만, 아이를 안고 있어서 행동이 느릴 수밖에 없었다. 십자가가 내려다보이는 예배당 안에서 그녀를 잡았다.

"제발 놔줘."

"안됐지만 그럴 순 없어. 포기해."

나는 굳이 왼손으로 이즈미 씨를 잡았다. 그녀가 내 마법에 대해 알 리 없지만, 내 굳은 의지가 전달되자 금세 반항을 멈추고 손을 뗐다.

"하아…."

거칠게 숨을 내쉬며 이즈미 씨가 아이를 안았다. 경계심 어린 눈망울에는 적의가 깃들어 있었지만, 그것 이상의 감정이 읽혔다. 역시 이 사람의 속마음은…….

한 걸음 앞으로 나선 쓰키시로가 그녀에게 말했다.

"이즈미 언니, 언니가 내 앞에 나타난 이유를 계속 생각해 봤어."

"……."

대답은 없었다. 쓰키시로는 개의치 않고 말을 이었다.

"계속 생각하고 도노와도 이야기했어. 냉정하게 생각하니 간신히 답이 나오더라고. 물론 우리의 상상이지만……. 이즈미 언니, 진심으로 참회하고 싶었던 거 아냐? 아들을 죽게 만든 걸 후회하고 있었기 때문에 구원을 청하러 내 앞에 나타난 거 아니었어?"

"……."

이번에도 대답은 없었다. 하지만 그것 역시 대답으로 들렸다. 이즈미 씨가 마법협회로부터 달아나고 싶었다면 여기에 있을 리 없다. 벌써 도망쳤을 것이다. 그녀가 진정으로 원한 것은 무엇일까? 답은 하나. 어떻게 하면 좋을지 알지 못했다는 것. 그뿐이었다.

"언니는 나를 이용했다고 했지만 사실은 망설이고 있었던 거죠? 교헤이의 영혼을 저승으로 보낼지, 아니면 살고 싶어 하는 아들을 지킬 것인지를 두고요. 책임과 후회라는 좁은 틈새에서 이러지도 저러지도 못한 채 괴로워하고 있었던 거지요?"

"으......"

쓰키시로의 말에, 이즈미 씨는 교헤이를 끌어안고 신음 소리를 냈다. 벗어날 수 없다는 것을 깨달은 걸까, 한계에 봉착한 걸까. 이즈미 씨는 마침내 참회하기 시작했다.

"어쩔 수 없었어……. 나 때문에 이 아이가 목숨을 잃었어. 그 상태로는 나도 살 수 없을 것 같아 자살할까 생각했는데 이 아이가 살아난 거야. 정말 기뻤어. 하지만 얼마 뒤, 거리 이곳저곳에서 죽은 자들이 되살아나는 걸 보고 이대로 가다가는 들킬 것 같아 도망칠 준비를 했어. 하지만 이런 식으로 계속 진실을 숨겨도 되는 건가 싶었어. 그게 너무 괴로웠어."

흐르는 눈물이 멈추지 않았다. 그 눈물에는 감당할 수 없는 고뇌가 담겨 있었다. 이즈미 씨는 몹시 괴로웠을 것이다. 나로서는 상상도 할 수 없었다.

죄책감과 모정. 그녀는 어떤 선택도 하지 못한 채 쓰키시로 앞에 나타났다. 몽환의 나침반을 손에 넣기 위해 교묘하게 쓰키시로를 속이면서도 마음 한구석으로는 이래서는 안 된다고 차라리 들키기를 바라며 자책했다. 하지만 살고 싶어 하는 아들을 차마 못 본 척할 수 없어 거짓말을 하고, 원망 섞인 말을 하고, 쓰키시로를 탓하며 어느 것도 선택하지 못하며 괴로워했다.

"이즈미 언니."

울음을 터뜨린 그녀에게 쓰키시로가 다가갔다. 원망은 없었다. 남은 것은 용서뿐이었다. 쓰키시로는 왼손에 끼고 있던 장갑을 벗었다.

"이즈미 언니, 진실을 마주할 각오는 되어 있나요?"

"뭐?"

이즈미 씨가 얼굴을 들었다. 그 얼굴을 바라보며 쓰키시로가 상냥하게 물었다.

"이곳에 오기 전에 도노와 이번 일에 관해 이야기했어요. 왜 이런 상황이 벌어졌는지에 대해서요. 그랬더니 한 가지 가능성이 남더라고요. 교헤이가 다시 태어난 것은 언니를 구하기 위해서가 아닐까 하는 가능성이요."

"무, 무슨 말이야?"

이야기가 이어지도록 내가 거들었다. 어디까지나 가설임을 전제로 설명했다.

"교헤이가 되살아난 뒤 거리에 죽은 자들이 나타날 때까지 어느 정도 시차가 있었잖아요. 다른 죽은 자들이 살아나기까지 시간이 걸린 이유가 뭘까요? 그 답을 생각하다 보니 결론에 도달했어요. 마법 도구가 의도적으로 계획한 것이라는 결론에요."

이즈미 씨는 침묵했다. 나는 이야기를 멈추지 않았다.

"이런 힌트를 준 건 우리 엄마였어요. 마법 도구의 영향으로 꿈속에 돌아가신 엄마가 나타났는데, 그때 엄마가 이렇게 말했어요. 마법 도구가 대폭 할인 서비스를 해줘서 죽은 이들을 살려주고 있다고요. 그걸 힌트 삼아 마법 도구에는 자아가 있다는 사실과 전에 나를 구해준 적이 있다는 사실도 떠올랐어요. 아까 이즈미 씨가 자살을 생각한 적이 있다고 한 말에 답이 있는 것 같아요. 이 마법 도구는 이즈미 씨를 살리기 위해 교헤이를 소생시킨 거예요. 교헤이가 스스로 의지를 갖고 소생한 게 아니라 이 마법 도구에 담긴 자아가 교헤이를 살아나게 한 거예요."

"마법 도구가 나를 지키기 위해서?"

말을 이어받은 사람은 쓰키시로였다.

"마법 도구를 만들어낸 건 죽기 직전의 교헤이가 틀림없어요.

엄마에 대한 교헤이의 사랑이 물건에 깃들어 마법 도구에 자아를 심어준 거예요. 그 결과, 도노가 말한 것처럼 이 마법 도구는 교헤이를 살려냈고요. 이 마법 도구는 교헤이가 진심으로 사랑한 엄마를 어떻게든 지키고 싶었을 테니까요."

"세상에……."

"그래서 이즈미 씨의 자살을 막은 뒤 거리에 죽은 자들이 나타나게 한 거예요. 이 마법 도구는 교헤이를 되살리는 것만으로는 문제가 해결되지 않는다는 것을 알고 있었던 거죠. 어떤 형태로든 이즈미 씨를 죄책감으로부터 구원해야 한다는 걸 알고 있었던 거예요. 그래서 마법사를 끌어들이기 위해 거리에 죽은 자들이 나타나도록 한 거예요. 누구보다 사랑하는 엄마를 구하는 것이 교헤이의 가장 간절한 소원이라는 걸 알고 있었을 테니까요."

"설마, 그럴 줄이야……. 아……."

이제야 알게 된 진실에 이즈미 씨는 그 자리에 주저앉아 울음을 터뜨렸다. 품 안의 아이를 꼭 껴안고 몇 번이나 교헤이의 이름을 불렀다. 멈추지 않는 오열 속에서 그녀는 가까스로 가면을 벗었다. 줄곧 숨겨왔던 이즈미 씨의 진짜 모습이 드러났다.

"다마키."

그녀가 가는 목소리로 쓰키시로를 불렀다.

"미안……. 할머니가 돌아가셨을 때 원망하는 말을 해서……. 실은 네가 착한 아이고 사정이 있었을 거라고 생각했지만, 누군 가를 탓하며 슬픔을 던져버리고 싶었어."

"괜찮아요."

"아무리 소중한 사람이라도 못 구할 수 있다는 사실을 뒤늦 게야 알았어……. 그런데도 나는 모진 말만 하고……."

"괜찮아요, 이즈미 언니. 언니는 무슨 일이 있어도 내 소중한 언니예요. 지금까지 줄곧 언니라고 생각하고 있었어요."

쓰키시로는 이즈미 씨에게 다가가 위로했다.

"외로울 때는 여기로 오세요. 슬플 때도요. 할머니처럼은 될 수 없겠지만 난 결코 언니를 버리지 않아요. 혼자서는 힘들어도 둘이라면 반드시 이겨낼 수 있을 거예요."

그녀는 다정한 목소리로 그렇게 말했다. 언니와 여동생. 두 사람은 보이지 않는 실로 이어진 것 같았다.

"다마키, 다마키!"

"언니."

두 사람이 서로를 용서하는 시간이 한동안 이어졌다. 얼마나 지났을까. 마침내 마지막 순간이 왔다.

"다마키, 그럼 부탁할게."

"네, 언니."

이즈미 씨는 마지막으로 교헤이를 꼭 끌어안고 그렇게 중얼거렸다. 그것을 신호로 쓰키시로가 왼손을 내밀었다.

"도노."

"응."

나는 왼손을 쓰키시로에게 가져갔다.

별은 보이지 않았다. 밤도 보이지 않았다. 새벽 3시 33분까지는 아직 많이 남은 시간. 하지만 밤 아래 총총히 뜬 별이 없어도 쓰키시로가 혼자가 아니라고 느낀다면 분명 그녀의 마법은 발휘될 것이다. 쓰키시로의 왼손이 교헤이에게 닿았다. 교헤이에게 깃들었던 마음이 풀어졌다.

이것은 교헤이의 영혼일까. 반짝이는 빛이 이즈미 씨에게 손을 뻗으며 웃었다. 미안하다고 말하는 이즈미 씨에게 고맙다고 말하는 빛은 여전히 웃음을 띠고 있었다. 거기에 원망은 없다. 오직 사랑만 있었다. 아, 이런 게 가족이구나. 이것이 진정한 가족의 사랑이구나. 때로는 자신이 죽는 것보다 소중한 사람이 상처받는 일이 더 괴롭다. 그러니 저 열쇠 꾸러미도 나를 구해준 것이겠지.

빛이 넘쳤다. 어디선가 이제 괜찮다는 말이 들린 것 같았다. 그것을 마지막으로 빛은 사라졌다. 이제 교헤이의 모습은 보이지 않았다. 남겨진 것은 작은 방울이었다. 그것을 본 이즈미 씨가 투명한 눈물을 흘렸다. 아마도 어머니와 자식의 사랑이 남긴 마지막 흔적일 것이다.

보이지 않는 신비한 기적, 마법. 이것은 저주가 아니다. 두 사람의 사랑을 이어주는 기적이 저주일 리 없다. 애정과 마음, 누구나 갖고 있는 그 흔한 기적을 우리는 마법이라고 부른다.

"교헤이……."

"언니."

아들을 생각하며 눈물짓는 이즈미 씨를 쓰키시로가 끌어안았다. 이즈미 씨는 쓰키시로의 왼손을 꼭 잡았다. 이제 두 사람의 인연은 끊어지지 않을 것이다. 이렇게 강하게 맺어져 있으니까.

그날 이후로 거리를 떠도는 죽은 자에 대한 소문은 들리지 않았다.

에필로그

"응?"

"아."

계절은 6월, 뉴스에서 장마 소식이 심심치 않게 들렸다. 여름의 문턱에 들어선 어느 오후. 햇살이 강렬해진 것을 느끼며 오늘도 폴라리스에 온 나는 언젠가 가게 앞에서 마주쳤던 맹랑한 단발머리 소녀를 다시 만났다.

"안녕. 오랜만이에요, 아저씨."

"또 너구나. 이 가게에 무슨 볼일이라도 있니?"

"아니요. 그런 건 아니고 그냥 청춘이니까?"

"뭐?"

오늘도 막대사탕을 쥔 소녀는 알 수 없는 말을 내뱉었다. 의미를 전혀 알 수 없었지만 건방진 말투는 여전했다. 아이는 이렇게 말을 이었다.

"그런 거 있잖아요. 내게도 저런 젊은 시절이 있었지, 언제 이렇게 나이를 먹었지, 하는 거요. 뭐 일단은 걱정할 필요가 없을 것 같아서 안심하고 있어요. 하하하."

"하아……"

무슨 말인지 당최 모르겠다, 젠장. 그리고 이 애늙은이 같은 말투는 또 뭐지? 하지만 내가 입을 열기 전에 아이는 이렇게 말하며 손을 흔들고 사라졌다

"그럼 안녕. 너무 열심히 하지 말아요. 그냥 흘러가게 둬요."

저런 애늙은이가 있나. 순간, 퍼뜩 어떤 생각에 미쳐 소녀 쪽을 돌아봤지만 이미 아이의 모습은 보이지 않고 평소와 다름없는 한적한 주택가만 보일 뿐이었다.

"뭐…… 별거 아닌가."

짚이는 구석이 있었지만 내가 너무 생각이 많은 건지도 모르지. 곧바로 머릿속에서 지워버리고 골동품 가게의 문을 열었다. 가게 안에는 평소와 똑같은 자세로 의자에 앉은 채 쓰키시로가 책을 읽고 있었다. 그녀의 입에서 후, 하는 이상한 탄식이 흘러나왔다.

"쓰키시로, 안녕."

"안녕, 도노."

여느 때와 다름없이 인사를 나누고 이렇다 할 만한 대화도 없이 평소처럼 앞치마를 둘렀다. 문득 가게 안 풍경이 눈에 들어왔다. 평화롭다는 건 이런 것일까. 그렇게 나른하고 평온한 오후, 문득 쓰키시로가 말했다.

"도노."

"왜?"

"실은 이번에 이즈미 씨랑 둘이서 놀러 가기로 했어."

"응, 그렇구나."

"응, 그래. 그게 전부야."

"그렇구나. 그게 전부구나."

짧은 대화는 금방 끝났다. 하지만 그 짧은 대화 속에서 정리되어야 할 무언가가 정리되었다는 느낌을 받았다. 그녀에게서 감도는 부드러운 공기에 무언가가 마무리되고 새로 시작되는 듯한 느낌이 들었다. 이것저것 물어볼 필요는 없었다. 그런데 쓰키시로의 마법은 대체 누구에게서 온 걸까? 아직도 모르는 게 있지만 지금은 신경 쓰지 않을 것이다. 그렇게 생각한 나는 곧 화제를 돌렸다. 화제가 이어진다고 할 수는 없지만, 어쨌든 무의식적으로 나는 이런 말을 하고 말았다.

"쓰키시로."

“왜?”

“하고 싶은 말이 하나 있는데.”

“뭐든지 말해봐.”

“그게, 저…….”

“빨리 말해.”

“그러니까…… 요전 날 밤에 말이야.”

거기까지 듣고 쓰키시로는 무슨 말인지 눈치를 챈 듯했다. 순간 우리 사이에 긴장이 흘렀고, 쓰키시로의 몸이 굳어지는 게 느껴졌다. 내 표정도 퍽 어색해졌을 것이다. 어휴, 나도 참…….. 왜 이 화제를 다시 꺼냈는지……. 나도 알 수 없지만 이미 말을 뱉은 뒤였다. 마른 입술로 이야기를 계속했다.

“그…… 뭐 별건 아닌데……, 그땐 내가 괜한 말을 했던 것 같아. 내가 일방적으로 마음을 열어서.”

일방적으로 마음을 열어서. 여기까지만 보면 의미가 상당히 모호하게 들릴 수 있지만, 쓰키시로는 알아들은 것 같았다.

“그, 그러니까 갑자기 그런 소리를 해서……. 마음의 준비라는 것도 있어야지. 마음을 열 때는 이렇게 지금부터 마음을 연다고 먼저 언질을 주는 게 예의지.”

쓰키시로도 어지간히 초조했는지 엉뚱한 말을 했다. 의미를 알 수 없는 모호한 대화는 거기서 멈췄다. 이런저런 대화를 나눌 수도 있었지만 잔뜩 긴장한 탓에 잊어버렸다. 이 분위기를 바꿀 방법이 있을까. 얼굴이 빨개진 우리는 사양 낮은 컴퓨터처럼 굳어버렸다.

뜻밖에 침묵을 깬 사람은 쓰키시로였다.

"글쎄, 뭐 일종의 성희롱처럼 들리기도 했지만 마음씨도 얼굴만큼 아름다운 내가 봐줄까 해. 도노 네가 변태인 게 하루이틀 일도 아니고. 대신에 앞으로는 조심 좀 해줘."

"누가 자꾸 변태라는 거야? 변태라는 말이 갑자기 왜 나와? 어쨌든 뭐 그래. 앞으로는 응, 조심한다, 내가."

맞장구를 치는 것 같기도 하고 아닌 것 같기도 한 애매한 대화. 그래도 그날 밤에 맴돌던 감정 하나가 정리되는 느낌이었다. 내친김에 하는 일이라는 것도 있는 법이다. 지금 이 정도면 어느 정도 정리가 된 것 같다. 일단은 이대로 흘러가게 둬야지.

"……."

그 와중에 나는 흠칫 놀랐다. 오늘은 쓰키시로가 장갑을 끼지 않았기 때문이다. 자신의 손에 깃든 마법을 그토록 싫어하던 쓰키시로였는데. 결국 또 질문을 던지고 말았다.

"쓰키시로."

"왜?"

"지금도 마법이 싫어?"

"뭐야, 갑자기."

"아니, 오늘은 장갑을 안 끼고 왔길래 궁금해서."

"아, 이거?"

무심코 던진 질문이었다. 하지만 돌아온 것은 놀랍도록 악의에 찬 대답이었다. 정리되었다고 생각한 마음이 다시 제자리로 와버렸다.

"마법은 여전히 싫어. 생각은 그렇게 쉽게 바뀌는 게 아니니까. 하지만 넌 친구 같으니까 장갑을 벗어도 괜찮겠다 싶어, 지금은. 하지만……."

"……."

작게 중얼거린 그 말. 그 말의 의미를 알아차린 나는 다시 얼굴을 붉혔다. 정신을 차려보니 쓰키시로도 얼굴이 빨개져 있었다. 젠장, 뭐야. 오늘은 왜 둘 다 부끄러운 말만 하는 거야. 그런 식으로 서로의 마음을 아는 척 모르는 척 어색한 시간이 계속됐다.

갑자기 문 쪽에서 벨이 울렸다. 누가 왔나 싶어 눈을 돌렸지만 아무도 없었다. 바람이 낸 소리인가? 어느새 봄바람이 찾아들고, 여름을 알리는 상쾌한 바람이 우리를 찾아오고 있었다. 뭘까? 올여름은 여느 때와는 다른 여름이 될 것 같다. 더위와 함께 무언가가 다가올 것만 같은 그런 기분이 들었다.

달아오른 뺨을 식힐 겸 쓰키시로에게 말했다.

"손님도 없으니까 오늘 네 개그 하나 들어줄게."

"괜찮겠어?"

"응, 왠지 오늘은 더워질 것 같아서."

"이유가 마음에 안 들지만 뭐 나쁘지 않지. 그러면 그거 들려줄게. '저건 설마 도플갱어?'라는 이름의 개그야."

"엄청 기대된다, 나쁜 의미로."

"뭐라고?"

"아니, 아무 말도 안 했어."

"됐고. 이건 내가 지우개를 주웠을 때의 일인데……."

"네 주변에선 왜 자꾸 지우개를 떨어뜨리는 거야?"

"몰라, 그 이유는. 혹시 그런 건가? 내 가슴에 지우개를 끌어당기는 미지의 물질이 있다든지."

"그 가슴 개그는 한물갔으니까 하지 말라고 말했을 텐데."

"뭐야? 그래도 늘 보면서."

"안 보거든! 대체 뭘 보고 자꾸 날 변태로 모는 거야?"

"네 얼굴."

"좋았어. 전쟁이다!"

"덤벼봐! 그 시선이 전부터 마음에 안 들었어."

근처에 있던 빗자루를 쥐고 갑자기 배틀이 시작됐다. 한 발한 발 서로를 향해 빗자루를 휘둘렀다. 한창 투닥거리고 있는데 아라시야마가 들어왔다.

"나 왔어. 요새 아르바이트가 어찌나 바빴는지……. 응? 둘이뭐 하는 거야?"

우리는 아랑곳하지 않고 빗자루 펜싱을 계속했다. 이 기회에어느 쪽이 진정한 마법사인지 판가름 내겠다는 기세였다. 마법사답게 빗자루를 사용한 승부는 한 치 앞도 모를 만큼 치열해졌다.

"이걸 받아라. 쓰키시로."

"어, 뭔지 모르지만 재미있어 보이는데. 나도 끼워줘. 얍!"

낡은 골동품이 잠든 아담한 골동품 가게. 그 정체는, 신기한마법 도구를 취급하는 가게. 그 가게에서는 오늘도 성격 삐딱한마녀를 비롯해 친구인지 아닌지 알 수 없는 멤버들이 평화로운일상을 보내고 있다. 바람이 가게 앞의 푯말을 움직였다. 마법도구점 폴라리스. 봄의 끝을 알리는 바람이 도어벨을 움직였다.

옮긴이 | 서라미

경영학과 언론영상학을 전공하고 바른번역에서 출판 번역가로 활동했다.
옮긴 책으로 『그들은 왜 싸우지 않는가』, 『내가 일하는 이유』, 『귀를 기울여줄 한 사람만 있어도』, 『비즈
니스 모델을 훔쳐라』 외 다수가 있다.

새벽 3시, 마법도구점 폴라리스

초판 1쇄 인쇄 2022년 4월 8일
초판 1쇄 발행 2022년 4월 20일

지은이 후지 마루
옮긴이 서라미
펴낸이 유정연

이사 임충진 김귀분
책임편집 김경애 **기획편집** 신성식 조현주 심설아 유리슬아 이가람 서옥수 **디자인** 안수진
마케팅 이승헌 반지영 박중혁 김예은 **제작** 임정호 **경영지원** 박소영

펴낸곳 흐름출판(주) **출판등록** 제313-2003-199호(2003년 5월 28일)
주소 서울시 마포구 월드컵북로5길 48-9(서교동)
전화 (02)325-4944 **팩스** (02)325-4945 **이메일** book@hbooks.co.kr
홈페이지 http://www.hbooks.co.kr **블로그** blog.naver.com/nextwave7
출력·인쇄·제본 (주)상지사 **용지** 월드페이퍼(주) **후가공** (주)이지앤비(특허 제10-1081185호)

ISBN 978-89-6596-508-4 03830